La Maison sans sommeil

Casterman
Cantersteen 47
1000 Bruxelles

www.casterman.com

ISBN : 978-2-203-06455-3
N° d'édition : L.10EJDN001139.N001

Composition et mise en pages
Nord Compo à Villeneuve-d'Ascq

Achevé d'imprimer en février 2020, en Espagne, par Liberduplex
(Carretera BV-2249 Km. 7,4, Polígono Industrial Torrentfondo,
08791 Sant Llorenç d'Hortons, Barcelone, Espagne).
Dépôt légal : mars 2020 ; D.2020/0053/33

Déposé au ministère de la Justice, Paris (loi n° 49.956 du 16 juillet 1949
sur les publications destinées à la jeunesse).

HANTÉ

Pire que vos pires cauchemars

LA MAISON SANS SOMMEIL

BENOÎT MALEWICZ

casterman

Des centaines de bougies – peut-être –,
Trois bougies – peut-être… –
Pas de lumière, pas de repos
Pour mon esprit.
Et cela – cette chose même –
Dans ma maison.

Prie, mon ami, pour la maison sans sommeil,
Pour qu'on éclaire une fenêtre !

D'après Marina Tsvetaïeva

Prologue

Ils m'appellent Cauchemar.

J'ai oublié d'où je viens et je vis depuis mille ans. J'ai perdu toute ma peau. Puis quand je n'ai plus eu de muscles, de veines ou de tendons, mes os sont tombés. Maintenant je n'ai plus de corps, je ne suis même plus une ombre, mais le froid est resté.

Je me cache dans les coins sans soleil, les caves où tout pourrit et tout se couvre de poussière.

Personne ne me voit, mais la nuit on me devine. Quand ils dorment, je passe par les tuyaux, je rampe sur les parquets, je grimpe sur les lits, je tire les draps – et j'attends qu'ils se tournent vers moi, qu'ils remuent, qu'ils respirent fort.

Je me glisse par leurs narines, je m'enroule autour de leurs cerveaux, et je serre.

Je n'ai connu que le malheur, il faut bien que je leur en redonne un peu.

Je leur montre des lieux étranges, des escaliers sans fin, des monstres qui ouvrent un million d'yeux jaunes, des choses qui courent pour les dévorer avec des mains comme des crochets. Un million de dents pointues. Je prends toutes les formes. Je connais leurs points faibles ; je tire la ficelle ; je murmure jusqu'à ce qu'ils crient et se bouchent les oreilles pour ne plus entendre.

Un jour, j'ai dit à une petite fille de chercher un couteau et de tous les tuer. Je le lui ai chuchoté encore et encore. Elle s'est réveillée d'un coup. Avant qu'elle ne me trouve, j'avais déjà filé par les tuyaux – tout en bas.

Puis j'ai attendu.

Oh, je n'ai pas attendu longtemps. Un peu après, il y a eu des bruits de tiroir de cuisine, un glissement de métal, de grands cris et des hurlements venus d'une chambre, puis d'une autre. Des gargouillis. Puis il y a eu le silence.

J'attends le prochain.

1

25 août

Au détour des brumes, la ville apparut en contrebas. Le camion s'engagea dans une série de virages et commença la descente. « Ce que tu vois tout autour, c'est pas des collines. Ce sont d'anciennes falaises. Avant le fleuve passait par ici ; il devait être aussi large qu'un océan... Mais il a fini par se retirer, et ils ont construit la ville dans ce creux, entre les falaises. »

Paul hocha la tête, les yeux alourdis par le sommeil.

Alors comme ça, c'est ici que tu vas t'installer et vivre, désormais.

Derrière eux, le bruit des meubles mal fixés aux sangles se faisait entendre à chaque virage.

— Elle est où Maman ? fit Paul d'une voix pâteuse.

— À l'heure qu'il est, fiston, elle doit avoir fini de nettoyer la maison. Et on n'aura plus qu'à poser les meubles !

Nouveau virage, nouveaux grincements à l'arrière du camion.

— Enfin, soupira Papa, s'ils arrivent entiers !

Dans les derniers kilomètres, Paul repassa dans sa tête les images de la vie d'avant. La cour d'une école de campagne où Talid, Antonin et lui trouvaient toujours moyen de perdre leur ballon de football dans les hautes herbes du champ d'à côté. Les parties de billes avec Lucie et Lola, imbattables. « La Sixième, c'est le bon moment pour changer d'école, fiston... De toute façon, toi et tes petits amis vous auriez été répartis dans des classes différentes. C'est ce qui arrive neuf fois sur dix. »

Paul trouvait dommage de ne pas avoir laissé sa chance à la seule fois sur dix qui restait. Quand ses parents avaient annoncé qu'ils partaient, quelque chose dans son cerveau avait hurlé : *Mais je voulais revoir Lucie !, Mais on avait une revanche en cours avec Talid aux tirs au but !, Mais je veux pas quitter la maison où je suis né... !*

Mais comme Paul était un garçon poli et bien élevé, il n'avait rien crié du tout. Maintenant, c'était trop tard.

Ils entrèrent dans la ville. Tout de suite Paul vit qu'elle n'était pas construite comme là d'où il venait, que les murs n'étaient pas faits pour capter le soleil, et que les hautes maisons se tenaient le long des rues comme des statues enroulées dans leur cape de brouillard. Il eut un frisson et regarda passer les fantômes de pierre, maussade.

— On arrive. C'est ici.

La voix de son père le fit sursauter. Un bref instant, elle lui avait paru nouée. Mais il regardait son fils avec un sourire quand même.

— J'espère que ça va te plaire. Ça n'est pas n'importe quelle maison, Paul.

Réfléchis bien à ce qu'il vient de dire, ricana une autre petite voix sous son crâne. *Ça veut dire qu'ils l'ont payée cher. T'as intérêt à ne pas cracher dans la soupe, Paul. T'as intérêt à apprécier la nouvelle maison !* Le camion fit crisser les graviers d'une allée ; Maman avait ouvert le portail. Papa coupa le moteur et ils demeurèrent tous deux pensifs, devant la haute maison. Une vague de brume faisait disparaître la moitié du toit. C'était une de ces maisons de maître aux coins de brique, au décor de silex ; mais Paul reconnut en silence qu'elle avait quelque chose de spécial, sans savoir quoi exactement. Les murs semblaient avoir froid. Les fenêtres ressemblaient à de grands yeux distraits.

— On appelle ça le *charme*, souffla son père dans un rire.

Maman apparut sur le perron. Elle fit claquer des torchons pleins de poussière dans l'air vide. La poussière l'entoura. Elle se tourna vers eux – peut-être ne les avait-elle pas entendus arriver. Puis elle leva le bras et leur fit signe. Paul lui trouva quelque chose de crispé ; mais une fois sorti du camion, il s'aperçut qu'elle souriait.

— Tout s'est bien passé ? demanda Papa.

— Oui, acquiesça Maman. J'ai aéré, lessivé les murs, passé la toile partout. Et cette sacrée poussière… ! Il faudra poncer les parquets du deuxième, c'est urgent.

— Mmh, grogna Papa. En attendant faut décharger le camion. Je dois le rendre ce soir.

Paul esquissa un sourire. Il savait que son père détestait qu'on lui suggère ce qu'il devait faire ou pas.

Quand le camion fut vide, le ciel enfin dégagé de nuages apparut bleu foncé, proche de la nuit. Papa grimpa dans le camion. Paul et Maman s'en furent dans la cuisine préparer à manger. « Prends les packs d'eau et descends-les à la cave, veux-tu ? », dit Maman. « Ton père a acheté de quoi tenir pendant une guerre ! »

« D'accord, Maman », répondit Paul. Et il s'employa à transborder les bouteilles d'eau en bas. La porte de la cave se situait dans un recoin de la cuisine. Il ouvrit la porte, passa trois marches, se trouva devant une seconde porte. Une sorte de sas avait été créé entre la cave et la maison. Il déverrouilla la seconde porte et se trouva au sommet de l'escalier, qui s'enfonçait dans l'ombre. « L'interrupteur est tout en bas, résonna la voix lointaine de sa mère. C'est pas très pratique ! »

Paul descendit, et au bas des marches il buta contre un portillon – quelques lattes de bois tenues par du fil de fer – puis trouva l'interrupteur. La lampe grésilla au plafond.

Un tas de cartons encombrait une partie de la cave. Paul cala son pack d'eau dans un coin où on ne se prendrait pas les pieds dedans, et se dirigea vers la sortie. Il ne regarda pas derrière lui. Il n'aimait pas les caves. Qui aime les caves, d'ailleurs ?

Quand Papa revint, le « dîner » était prêt. Ils mangèrent leurs sandwiches assis sur les cartons, des petits bols de pickles et de rillettes de thon ponctuaient le plateau de bois. Maman ouvrit un carton avec « Vide-poches » marqué dessus, fouilla, trouva un briquet ; puis elle alluma des bougies pour faire une lumière douce.

— J'ai préparé ta chambre, dit-elle à Paul avec un gentil sourire. Après cette journée, tu dois être fatigué.

— Nous le sommes tous ! affirma Papa, qui se massait le cou d'une main.

Il attrapa le briquet et le fit cliqueter plusieurs fois avant de réussir à faire jaillir la flamme.

— Ce serait peut-être bien le moment de se remettre à fumer, murmura-t-il en direction de Maman. Je crève d'envie d'une clope. Pas toi… ?

Maman eut juste un petit rire.

Avant de monter à l'étage, Papa fixa l'horloge dans l'escalier.

— C'est important, l'heure. Ça permet de prendre possession des lieux. Hein, fiston !

— Oui Papa, grommela Paul, passant à côté de son père et grimpant les marches. Bonne nuit, Papa !

— Paul ?

— Oui P'pa ?

— Attention quand tu montes l'escalier. Ne fais pas ça en chaussettes. Ils ont mis une peinture satinée dessus, ça glisse à mort.

Il passait son pouce sur le bord d'une marche pour montrer qu'il avait raison, que la peinture n'accrochait rien, que ça glissait à mort.

— Oui P'pa.

— 'Nuit fiston ! dit son père.

*

Paul eut du mal à trouver le sommeil cependant ; les images tournaient dans sa tête, comme un nickelodeon rendu fou. Le défilement de l'autoroute et les copains laissés derrière lui. *Et ma maison, là-bas ? Qui en prendra soin… ?* Oui, la maison vide ? Il se retourna du côté du mur pour ne plus voir le rai de lumière venu du couloir et s'employa à imaginer les portes claquer dans les pièces sans plus un meuble, le vent chassant la poussière le long des plinthes, et quelqu'un pousser un cri dont l'écho rebondirait de mur en mur, à l'infini, à l'infini, à l'infini –

Avant de partir, il avait gravé son nom sur le mur de lambris, dans le grand placard de sa chambre. *Cette chambre ne sera jamais vraiment à personne d'autre*, se dit-il en respirant lourdement. *Et jamais plus vraiment à moi*. Il s'endormit.

Il s'éveilla à moitié quand il entendit ses parents monter l'escalier à leur tour, chuchoter et rire à voix basse. Ça lui donna du baume au cœur. Quand il voulut ouvrir les paupières, elles lui semblèrent de papier mâché. Une porte claqua au bout du couloir. Il retomba dans un sommeil relatif.

Plus tard, bien plus tard, il s'éveilla en sursaut. *Il y a quelque chose en bas*, souffla une voix dans sa tête. *Écoute !*

Il se redressa et écouta. C'était un grincement. *Comme quelqu'un qui pose le pied sur une marche avec de grandes précautions. C'est tout en bas de l'escalier. Ça grimpe.*

Il y eut deux autres grincements, entre lesquels s'écoulèrent cinq minutes, peut-être plus – car Paul, la sueur au front, essayait de compter et s'emmêlait les pinceaux au beau milieu des chiffres – puis il eut beau tendre l'oreille, plus rien.

Il se laissa retomber sur son oreiller.

Les vieilles maisons grincent, se dit-il. *C'est normal. Tout est normal ici, et il faut dormir. On se calme,* et il cogna du poing contre son cœur qui battait trop vite. Il rabattit la couverture sur sa tête. Le drap était trop fin, il faudrait passer aux couettes dans les prochains jours. Il se recroquevilla pour avoir moins froid et se concentra sur le bruit du sang affluant le long de ses tympans, comme quand il faisait de la plongée. Ça masquait le reste, et d'ailleurs, y avait-il quoi que ce soit à masquer ?

Le sommeil rôdait ; il finit par se rendormir. Mais la nuit n'était pas encore finie.

2

Quelle heure était-il ? Impossible de savoir : l'horloge dans l'escalier avait perdu ses aiguilles. Il tâtonna, les mains glissant sur le bois peint, si lisse et si froid qu'il lui parut humide. Il pliait les genoux, le corps au-dessus du vide, et cherchait. *T'as pas mis de chaussettes, j'espère, hein… !* ricanait la voix dans sa tête, imitant celle de Papa. Ses ongles finirent par buter sur quelque chose de piquant. *Les aiguilles !* Il les ramassa et finit par les poser sur une autre marche. Quelque chose attira son attention, il sentit son cœur bondir d'un coup. L'horloge sans aiguilles cliquetait encore dans le silence. Il reprit son chemin, jetant des coups d'œil derrière lui, vers l'horloge, mais bientôt l'horloge disparut dans le noir.

Comment avait-il fait pour descendre les escaliers sans se casser la figure ou faire craquer le parquet, ou réveiller toute la maison… ? Quand il traversa le salon, il n'y avait rien par la fenêtre, rien, pas un lampadaire pour le guider, pas un brin de lune, pas une lumière. Les yeux fermés, mon pote. Dans la cuisine, quelque chose de glacé siphonna tout son intérieur, son cerveau et ses intestins, parce qu'il se trouvait devant la porte de la cave. Ses orteils se crispèrent, ses ongles heurtèrent le sol. « Oh, Paul, et tes chaussons… ? Le carrelage est si froid », lui dit sa mère depuis qu'il a trois ans, non, même deux, mais il ne mettait jamais ses chaussons, et à quoi ça lui servirait à cette heure de la nuit ? Il avait atterri seul ici, et maintenant il devait descendre.

Quelques marches de carrelage. Dans son dos, l'ombre engloutit la maison. Le froid monte de ses pieds jusque dans son cou. Quelque chose se met à ricaner dans sa boîte crânienne, se cogne contre les parois de l'os – quelque chose lui murmure de continuer.

Au bas des marches, une autre porte.

Il essuie la sueur. Il ne veut pas ouvrir la porte. Il tourne la poignée, il attend. *Si ça se trouve, elle est fer-*

mée. Papa l'a fermée hier, il l'a dit. À cause des courants d'air. Il ne s'était pas aperçu des courants d'air quand ils ont visité la maison. C'est un problème, dit Papa. J'espère que... La porte bâille en silence.

Une volée de marches s'enfonce dans le noir. Sans parvenir à respirer, il pose le pied gauche sur la première marche, de l'orteil au talon. Il y a peut-être trente ou quarante marches. Les arêtes coupent comme s'il écrasait du verre. Au bas des marches il regarde en arrière ; l'encadrement de la porte se découpe tout en haut de l'escalier abrupt, déformé par la distance.

Il reprend son souffle et poursuit son chemin le long d'un couloir étroit. Le plafond bas et humide. Il est déjà venu ici. Une odeur âcre stagne à hauteur de visage, comme de la sueur. Il ne voit rien. Il avance. Au bout du couloir, un portillon de bois le bloque à hauteur de jambes. En tâtonnant dans le noir il laisse sa main courir sur le bois humide et trouve le loquet ; il ouvre la barrière.

La lumière s'allume d'un coup. Il a retrouvé l'interrupteur. L'ampoule grésille doucement au bout d'un fil. Son cœur saute dans sa poitrine. La pièce est déserte.

Et les cartons ? Les packs d'eau… ? Ses yeux passent sur les murs blanchis à la chaux, de longues coulées noires proviennent du plafond. *D'où ça pourrait venir ? Toute cette humidité… ? De la salle de bains ?* Il se concentre, il essaie de se figurer comment la maison a été construite. La salle de bains est deux étages au-dessus. *Une fuite d'eau ?* Ça ne date pas d'hier. Le mur a fini par pourrir. *Pourrir… ?* Cette maison est moins solide que prévu… Le sol de terre est nu. Il ne reconnaît pas cet endroit. Une chaise de bois est au milieu de la pièce, juste sous l'ampoule, et elle est là, sur la chaise.

Elle se tient là, elle ne bouge pas.

Ses cheveux descendent sur sa nuque. Ils sont mouillés. Les gouttes tombent une à une par terre. Elle lui tourne le dos. Elle attend. Il demeure près de la barrière. Lui non plus ne bouge pas. Ses bras sont ramassés près de son corps. Dans le silence opaque il entend qu'elle respire.

Regarde, souffle quelque chose dans sa tête. *C'est la fille. La fille qui est morte.*

Il a froid, mais il ne sent plus rien. La fille respire lentement. Ses épaules se soulèvent et s'abaissent.

Elle ne bouge pas.

Puis il voit son cou se tordre sur le côté. Ça arrive d'un coup. Au moment où le visage creux pivote, quelqu'un allume la vraie lumière et Paul ouvre les yeux. Son cœur manque exploser. Il tourne la tête ; son père, la main sur l'interrupteur. Paul ouvre la bouche. « Je… je fais quoi ? » Son père s'approche de lui et s'agenouille juste en face de son visage. Paul tremble à mort. « C'est la question que j'allais te poser, fiston. Viens par ici. » Paul tombe dans les bras de son père et ne peut pas s'arrêter de pleurer, les poumons gonflés par les sanglots.

Quand ils sortirent de la cave, Paul regarda derrière lui. Quelque chose le poussait à le faire. Il n'y avait plus d'eau sur les murs. Il n'y avait plus de chaise. Il n'y avait plus de fille. Il n'y avait que la cave et les packs d'eau, les cartons, le bazar habituel entassé ici.

3

Papa le porta dans l'escalier qui menait à la cuisine, son grand garçon avait onze ans, quarante kilos sur l'épaule… Il alluma la lumière. Un tas de cartons servait pour l'instant de chaises. Il attrapa une casserole dans l'évier, la rinça, mit du lait à chauffer.

— Il paraît que ça aide à dormir. J'ai jamais essayé, remarque…

Il fit un clin d'œil à son fils.

— Allez, quoi. C'est rien. C'est juste une crise de somnambulisme. T'as vu ça en français ? (Paul secoua la tête.) *Somnus*, sommeil. Non ? *Ambulare*, marcher. *Somnambulisme*… Je te fais pas un dessin ! (Paul secoua encore la tête avec un demi-sourire. Est-ce que son père n'était pas le seul à parler de latin à cette heure-là... ?) Je ne sais pas comment tu as fait pour... Et où est-ce que tu as trouvé la clef de la cave ? Je l'avais bouclée.

— J-je sais pas. Je me souviens de rien.

— Hé, tu vas attraper un rhume avec tes histoires à dormir deb... Enfin, je veux dire...

Papa décrocha un manteau de derrière la porte et le tendit à Paul.

— Je sais que c'est un endroit nouveau ici, fiston. Il va te falloir un peu de temps. Mais on a fait pour le mieux. Dans deux semaines, tu verras, tout sera en ordre, y aura plus de cartons. Et si tu tiens absolument à dormir à la cave, alors on va transformer ce coin en quelque chose de confortable... !

Papa s'interrompit, voyant les lèvres de Paul s'affaisser. Il passa la main dans ses cheveux pour les ébouriffer.

— Allez quoi. Pleure pas, gamin. Je plaisantais ! Il est trois heures du matin... C'est le moment de se recoucher si on veut pas se traîner comme des limaces demain. T'as école dans une semaine, il faut que tu dormes... Et moi je dois sauver le monde de la grippe aviaire... !

Paul but quelques gorgées de lait et se leva. Son père le prit par les épaules, il éteignit la lumière de la cuisine et ils sortirent ensemble de la pièce. Il sentait Papa marcher en tendant une main devant pour éviter de se cogner, et quand ça arrivait, il disait « J'ai pas encore bien cartographié cette maison ! » et grognait quelque chose au sujet de ses ongles qui allaient tomber à cause des chocs dans les pieds de table. Ils parvinrent à l'escalier. Les ombres du sale rêve commençaient à refluer. Fallait reprendre pied avec la vraie vie, et à onze ans c'est pas toujours facile. Mais maintenant, se dit Paul en grimpant les marches sous l'horloge qui cliquetait, maintenant il voulait tellement dormir, juste dormir.

4

16 septembre

— Qu'est-ce que tu dessines ?

Paul, par réflexe, posa le coude sur la feuille de papier. Puis il jeta un regard sombre à son voisin.

— Franchement, à quoi ça t'avancerait de savoir ?

— J'aime bien savoir, c'est tout.

Le professeur de français aboya de l'autre côté de la salle :

— Thibald, Paul, si vous avez quelque chose d'intéressant à dire, faites-en profiter la classe... !

— Nan, c'est bon, grommela Thibald.

Ils se remirent au travail quelques instants sans parler. Mais de temps à autre Paul tirait son dessin de sous la copie et rajoutait des traits ; Thibald quant à lui jetait de petits regards furtifs derrière lui, sur les côtés de la classe ; il avait fini ses exercices et se tournait les pouces.

— Allez quoi, M. Mystère, reprit-il en chuchotant, fais voir ton dessin ! C'est Nina ? La tronche à Lemoisne ?

Nina était la fille juste devant, et pour ce que Paul pouvait en dire, c'est vrai qu'elle était jolie... Lemoisne était le prof qui tournait en ce moment même dans la classe, promenant ses yeux comme des miradors, plus connu sous le nom avenant de Trouduc.

— J'ai pas envie de te parler, nota Paul sans regarder Thibald. Dis-moi pourquoi je devrais te faire confiance.

— Uh-uh, gloussa Thibald. Tu peux le garder, ton dessin pourri ! Ça ne m'intéresse pas.

Il croisa les bras et tourna le dos à son voisin. *J'y crois pas. Ce gros lard boude !* Malgré lui, Paul sentit un sourire se dessiner sur ses lèvres.

— Bon, chuchota Paul. Si je te montre ça, tu mets le doigt dans quelque chose, t'as pas idée.

— Mff, siffla Thibald, le dos toujours tourné.

« Monsieur Laquerière, tenez-vous droit ! », fulmina le prof. Thibald se redressa, le regarda avec de grands yeux et, portant la main au front, grommela « Oui mon colonel ! », puis revint à son voisin. Paul (*peut-être que tu pourrais lui montrer*) zyeuta à droite et à gauche (*oui, peut-être même que tu devrais*), puis ôta son coude de la feuille de papier. Thibald courba le cou.

— Tu fais des plans ? Des plans de quoi ? Une cabane ?

Il avait l'air déçu.

— C'est un plan de la cave.

— La cave… ?

— Ouais. La cave.

— Genre la cave à ta mère ?

Thibald se remit à glousser.

— On peut dire ça, enchaîna Paul. C'est chez moi.

Thibald arracha presque la feuille des mains de Paul, la retournant dans tous les sens.

— Elle est vide, ta cave. Va falloir meubler !

— Je viens juste d'arriver.

— Ah ouais ? Tu viens d'où ? T'es arrivé quand ?

— Du Sud-Ouest. On a déménagé une semaine avant la rentrée.

— Bienvenue à Loupviers City alors !

— Ouais, souffla Paul, regardant droit devant lui.

— Ben tu devrais être content que je te parle, déjà. T'es un pied-tendre, et les pieds-tendres on n'est pas supposé leur parler !

Thibald gloussa encore. Paul le regarda, désorienté.

— Un nouveau. T'es juste un nouveau.

Le petit gros avait l'air gentil, même s'il avait aussi l'air de se moquer de lui. Thibald en profita pour tirer la feuille à lui. Il tapota du doigt au milieu du dessin.

— Y a juste ce truc au milieu...

— C'est une chaise.

— T'as raison, les chaises c'est vachement important. Pour s'asseoir et tout.

— C'est ça. Pour s'asseoir. Sauf que c'est pas moi qui suis assis dessus. D'ailleurs, c'est pas tout à fait chez moi non plus.

Thibald se redressa.

— Tu te fiches de ma poire ?

— Thibald Laquerière, qu'est-ce que j'entends là ! hurla Trouduc.

— Trois fois rien, Monsieur.

— Dernier avertissement !

— Oui, Monsieur.

Au tableau, le prof projeta d'autres exercices. Ils firent semblant de s'y remettre. Paul recommença à griffonner des trucs sur sa feuille.

— Bon, explique tes histoires !

— Ça, dit Paul en tirant une seconde feuille de sous son cahier, c'est la vraie cave.

— La vraie cave ? Dis donc, c'est nettement plus le bronx. Et ?

— Et la feuille avec la chaise, c'est l'autre.

— Mais comment ça, l'autre ? s'étrangla Thibald. Je comprends rien. Y a deux caves chez toi ?

— La cave avec la chaise, je la vois dans mes rêves.

— Ça arrive à tout le monde, rétorqua Thibald en haussant les épaules. De voir des endroits en rêve qui ne ressemblent pas à la réalité.

— Mes rêves…

— Vous vous foutez de moi, énonça une voix sombre qui les fit sursauter.

Paul et Thibald relevèrent lentement la tête. La face maussade de Trouduc venait d'apparaître juste au-dessus d'eux, laissant tomber d'en haut son haleine nauséabonde. La bouche s'ouvrit, l'horloge sonna à cet instant. « Sortez », siffla Lemoisne. « Perdez rien pour attendre. »

Ils suivirent le flux d'élèves, descendirent les escaliers. Ils trouvèrent un coin calme, un peu à l'écart – pas loin de la grille qui donnait vers le jardin public.

— Mes rêves ces jours-ci sont un peu, disons... spéciaux.

Thibald laissa la pluie s'installer dans le silence qui suivit. À travers le rideau de gouttes leur parvint la rumeur des autres enfants. Thibald avait bien cent questions dans sa botte, mais son petit doigt lui conseillait d'attendre que le nouveau parle. Ça ne lui ressemblait pas d'attendre. Un coup d'œil discret à sa montre lui indiqua qu'il restait sept minutes avant la sonnerie.

— Ça m'est arrivé deux fois, reprit Paul. Deux fois je me suis réveillé en pleine nuit, et j'étais pas dans mon lit, j'étais dans la cave. Ma chambre est au premier étage. Tu vois ? (Thibald hocha la tête, attentif.) Mes parents disent que je suis somnambule. (Paul réfléchit.) C'est peut-être à cause du déménagement.

— Donc tu marches dans ton sommeil.

— C'est ça. Sauf que… quand ça arrive, je ne dors pas. Pas vraiment. Parce que si j'étais en train de dormir, je ne l'aurais pas vue.

— Vu quoi ?

— La fille. La fille sur la chaise.

Paul avait dit ça sur le même ton que le reste. Mais Thibald le regardait attentivement. Quelque chose dans les yeux de son nouveau pote lui disait que Paul ne racontait pas de craques et qu'il crevait de peur. Certaines intonations dans sa voix lui collèrent des frissons humides tout le long du dos. Il déglutit.

— Quelle fille… ? Tu racontes des conneries.

— Bien sûr que c'est des conneries, fit Paul en redressant la tête. J'vais te dire à quel point c'est des conneries. Une nuit, il y a deux semaines, mon père m'a retrouvé dans la cave. C'est arrivé hier soir aussi.

— Il a dû flipper sa race !

— Je sais pas. Il a allumé la lumière, déjà. Et je sais qu'à ce moment-là, il n'y avait plus la fille. Et je sais aussi qu'avant ça, elle y était.

— Tu parles d'un cauchemar !

La sonnerie grelottait dans toute la cour. Thibald dut se concentrer pour comprendre ce que murmurait Paul.

— C'est plus qu'un cauchemar, Thibald. C'est comme si c'était réel. Et tu sais quoi ? Ce soir j'ai aucune envie de dormir chez moi. De m'endormir. Parce que je sais une chose. C'est que dès que j'aurai fermé les yeux, je vais me réveiller en bas. Ça fait deux nuits que ça arrive, pourquoi pas trois... ? Le reste du temps, j'entends cette foutue maison grincer – et ça part toujours de l'escalier, comme si quelqu'un se faufilait en essayant de pas faire de bruit. Mets-toi à ma place deux secondes ce soir quand tu t'endormiras... et imagine juste un peu, imagine – et je finis par m'endormir quand le jour commence à filtrer par les volets. Mais les fois où c'est arrivé j'étais trop fatigué pour attendre le jour, et je me suis endormi. Dans la cave, mec. Elle m'attend dans la cave.

— La vache, lâcha Thibald. Tu trimballes un sacré gros sac sur les épaules... ! Attends...

Thibald fit un grand signe de la main à une petite brune, teint mat et cheveux courts, qui se contenta de lui faire un clin d'œil.

— Qu'est-ce que tu trafiques ? marmonna Paul d'une voix morose.

— Cette fille, dit Thibald. Elle est en Cinquième, je la connais. J'étais en primaire avec elle. C'est une chouette nana. (Il bourra les côtes de Paul avec son coude.) Et si y a quelqu'un à qui tu devrais parler de ton histoire, c'est elle.

— Pourquoi j'irais parler de ça à...

Thibald éclata de rire et enleva ses lunettes qu'il briqua à l'aide de son écharpe.

— C'est toi qui vois, Von Paulus ! Mais je vais te dire deux choses : 1. Tu m'as déjà raconté un paquet de trucs, alors vaudrait mieux apprendre à « faire confiance » ; sinon, c'est trop tard... 2. Je fais pas partie de ces connards qui traînent sur les réseaux à se moquer des autres. Ah là là... ! Tu sais quoi ? Tu me fais de la peine. On finit les cours et on va parler à la fille de ton problème de cave.

— Elle s'appelle comment, cette fille ?

— Annaë. Son nom c'est Annaë.

5

— Ah, flûte !

Ils se trouvaient sur le parvis au milieu de la foule de gamins sortis du collège. Thibald regardait partout.

— Quoi ? fit Paul.

— Je la vois pas. Elle a dû finir avant nous.

— Laisse tomber, Thibald. Je vais rentrer.

Thibald dévisagea Paul avec un sourire tordu.

— Uh-uh ! Vu comme tu dis ça, on dirait que tu vas te pendre !

— Peut-être que ça vaudrait mieux ! siffla Paul avec un air de défi.

Il tourna la tête et entreprit de fendre la foule. « Hé, attends-moi ! », cria Thibald. Paul fit comme s'il n'avait rien entendu. Derrière lui, il devina que Thibald soufflait. Il s'arrêta et contempla son camarade. Incontestablement, Thibald était un garçon dodu.

— T'as l'air moins macabre quand tu souris, nota Thibald, essuyant ses lunettes.

— Qu'est-ce que tu fais ? articula Paul.

— Ben, je viens avec toi !

Paul dévisagea Thibald, qui lui répondit en silence avec un clin d'œil. Peut-être, se dit Paul, que c'était un garçon sympathique. Ils cheminèrent à travers les rues, passant par le centre où des maisons médiévales côtoyaient de hauts bâtiments de brique XIXe. Ils débouchèrent sur le rond-point central ; un boucan sourd les accueillit.

— Vache de travaux, souffla Thibald.

— Ils font quoi ici ?

— Je sais pas trop. Une sombre histoire d'arrêt de bus. En attendant ça bloque toute la circulation.

Des files de voitures poireautaient effectivement à des feux. Les gens s'énervaient tout seuls au volant. Au milieu du rond-point, des pelleteuses patientaient, leurs griffes suspendues dans les airs. Des gars de chantier discutaient ferme en cercle, au milieu d'un trou qui venait d'être creusé. On voyait des casques jaunes s'agiter autour d'un type en costard au téléphone. Une grue tournait lentement au-dessus de leur tête. « Hé ! » s'exclama Thibald.

— Quoi ?

— Regarde là-bas !

— Où ça ? Je vois rien. Le gars qui mange un kebab ?

— Mais non, crétin ! la fille.

— Hein ?

— C'est Annaë ! fit Thibald, plissant les yeux. Pince-moi si je rêve, qu'est-ce qu'elle trafique ?

— On dirait qu'elle observe un truc avec des jumelles. Qu'est-ce qu'elle fiche à cette heure avec des jumelles ?

— Elle trimballe toujours un tas de trucs dans son sac, y a qu'elle qui sait à quoi ça peut servir, et quand.

— Ben c'est le bon moment pour lui parler, non ?

Paul s'arracha au spectacle du chantier et fit le tour du rond-point, suivi par Thibald. Le poids de leurs sacs avait fini par les faire grimacer, et c'est tout suants qu'ils parvinrent jusqu'à la fameuse fille. Elle explorait elle aussi le chantier, jumelles aux yeux. Sans les décoller de son visage, elle articula :

— Tiens ! Des gnomes. Qu'est-ce que tu fiches ici, Thibald ?

— Heu, heu, toussa Thibald. Et toi ? Tu fais quoi avec ces jumelles ?

— Secret professionnel, gros lard.

Thibald rougit.

— J'ai du boulot pour toi, Annaë. J'te présente Paul.

Annaë décolla enfin les jumelles de ses yeux et les toisa du regard.

— Écoute, mon pote, lança-t-elle à Thibald en lui plantant un doigt dans le plexus. Je vais te dire ce que je fais là. Les gars du chantier, ils viennent de déterrer un coffre en métal, en plein milieu des travaux. Et tu sais ce qu'il y a sur ce coffre ?

Thibald en sueur secoua la tête.

— Des croix gammées. Tu sais ce que c'est, hein ?

— Nan.

— Et toi ? dit la fille d'un coup sec en dévisageant Paul.

Celui-ci hocha faiblement la tête.

— Bah vas-y. Je t'écoute.

— C'est l'insigne des nazis.

— Explique à ton gros pote ce que c'est, les nazis !

— C'est les Allemands pendant la Seconde Guerre mondiale, fit Paul dans un filet de voix.

— Tout juste ! exulta Annaë. Et tu me dis Thibald que t'as du boulot pour moi ? Mais qu'est-ce qui serait plus intéressant que *ça* ?

Elle montra d'un geste théâtral le coin où les pelleteuses venaient d'exhumer le coffre. Des gars en casque tâchaient maintenant de le soulever.

— Notre ami Paul, articula Thibald d'une voix chevrotante, a un problème de fantôme dans sa cave.

Annaë fronça les sourcils et jeta un coup d'œil à Paul.

— Quel genre de fantôme ? fit-elle.

— Le genre fille flippante, dit Paul. Cheveux mouillés. Assise sur une chaise. Et il y a un dernier truc.

— Les filles flippantes, c'est ton rayon, glissa Thibald à Annaë. Tu maîtrises bien le sujet.

— Tais-toi, M. Sarcastique, le coupa Annaë. Ton ami a des choses intéressantes à raconter ! C'est quoi, ce dernier truc ?

— La fille… Elle a les yeux…

— Eh bien quoi ?

— Des trous. Elle a des trous à la place des yeux.

C'est comme si le bruit du chantier et les klaxons de voiture venaient de disparaître. Thibald déglutit. « Des trous… ? »

— Ouais, murmura Paul.

Annaë leva le sourcil gauche.

— Bon, décréta-t-elle. T'as gagné. Je remballe le matos.

Elle tira de sa poche un carton qu'elle fourra dans la main de Paul d'un geste autoritaire. Celui-ci le retourna et lut :

Annaë Maudrian
Pisteuse de fantômes
Résultats garantis

Paul croisa le regard de Thibald. *C'est quoi ce délire ?*, lui demanda-t-il juste avec les yeux. *Je te l'avais dit !*, répondit Thibald sur le même mode.

— Pisteuse, nota Paul, c'est bizarre.

— Ouais, fit Annaë, mâchonnant un chewing-gum. Au début j'avais écrit « chasseuse ». Mais il paraît qu'on dit Chasseresse, en fait. Et Chasseresse de fantômes, ça craint. (Elle tendit la main à Paul.) Moi c'est Annaë.

Paul hésita, puis lui serra la main ; la fille lui fit un clin d'œil rieur.

— C'est sûr que « pisteuse », ça craint pas, gloussa Thibald.

— Bien sûr que non ! grogna Annaë, tournant vers lui un œil suspicieux. Ça fait « qui traque », et c'est précisément ce que je fais ! J'ai jamais dit que je chasserais ce fantôme, remarque, ajouta-t-elle à l'intention de Paul.

Celui-ci eut un faible sourire.

— Bon, on fait quoi sur ce rond-point moisi ? s'exclama Annaë. On va crever de froid si on bouge pas. On va chez toi ?

— D'accord, dit Paul. Chez moi. Euh, je dois vous prévenir, c'est le boxon. Y a des cartons partout. On vient tout juste d'emménager. Mes parents travaillent à bloc, alors ils ont pas eu le temps de tout ranger…

— Si t'as du Coca et de quoi bouffer, ça devrait faire l'affaire, fit Thibald. C'est par où, chez toi ?

— Rue Serpente.

— Nom flippant, nota Annaë. On dirait le genre de coin où rôde Nagini.

— Ninja-quoi ? fit Thibald.

— Le serpent à Voldemort, fit Paul.

— Laisse tomber ce naze, il y connaît rien, gloussa Annaë. On décolle ?

— Bon, je crois que c'est par là, dit Paul, montrant l'ouverture d'une rue. Je connais pas encore vraiment le coin.

— Par ici, mes cocos, murmura Thibald. On va pas prendre par les rues conventionnelles. On va prendre par le Raccourci.

Annaë leva les yeux au ciel, mais Thibald ouvrait le chemin ; Paul suivit.

*

Ils suivirent Thibald à travers les rues. Ils ne croisèrent que quelques voitures, qui cahotaient sur le goudron abîmé, pour aboutir à un endroit où se tenait une ancienne usine. Derrière les murs de briques se dressaient deux hautes cheminées.

— C'est ici qu'on tourne, fit Thibald.

Il montra du pouce une vieille porte de bois grossier encastrée dans un mur.

— Il y a une serrure, nota Paul. La porte doit être fermée.

— Il est nouveau, hein ? fit Annaë à Thibald.

— Ouais. C'est un pied-tendre, dit Thibald.

Et il sortit de sa poche une grosse clef de métal, dont la tête avait rouillé. Elle rentrait parfaitement dans la serrure. Le pan de planches grinça en s'entrouvrant. « Et voilà », souffla Thibald. Un sourire réjoui illuminait sa face, comme un type qui a réussi un tour de magie.

— Où tu as eu cette clef ? s'enquit Paul.

— Ça, c'est un secret, savoura Thibald.

— On y va ? fit Annaë, passant la porte. T'attends quoi... ?

Paul était resté sur le seuil, un flux de pensées traversait son cerveau.

C'est juste que je viens d'arriver, que je fais des sales cauchemars, que je connais personne ici, que vous êtes bizarres, mais cool, mais bizarres quand même, qu'ouvrir des portes sans nom en plein dans les rues désertes en plus du reste ça fait beaucoup à encaisser. C'est tout.

Un terrain vague s'étendait devant eux, encombré de morceaux de murs, la plupart en ruine, sans toit.

— C'est ça, le Raccourci, souffla Thibald. Ta rue est dans cette direction. On perd pas de temps.

Ils filèrent, sautant par-dessus les tronçons de murets sur une main. Arrivé à l'autre bout du terrain, Thibald désigna une cavité dans un mur massif. « La sortie, c'est par là ! » Paul traversa et buta sur des rails. De l'autre côté se trouvait une voie ferrée.

— Une voie verte, souffla Annaë. Plus un train ne passe ici depuis cinquante ans, je crois.

— Elle traverse toute la ville, mais personne ne sait plus vraiment où ni comment, expliqua Thibald. De là, on peut accéder à tous les coins secrets.

Paul hocha la tête. Ils suivirent les rails durant une dizaine de minutes, puis Thibald bifurqua à droite, s'engouffrant sous un tas de buissons. Il siffla pour que les autres le rejoignent. Après les buissons, ils se trouvèrent dans une cour, séparés du reste du monde par un vieux porche de pierre. Paul l'avait déjà vu. Sa rue était à quelques dizaines de mètres. « C'est par ici », dit-il en forçant la voix. *Montre que des fois tu peux mener les choses, mon pote !*

Thibald et Annaë lui emboîtèrent le pas. Ils furent bientôt devant le portail noir, un truc bardé de piques. « Sacrée maison ! », siffla Annaë. Thibald s'arrêta un instant pour contempler la bâtisse, qui étageait ses murs de briques et de silex sur quinze mètres de hauteur. Il sursauta brusquement ; quelque chose venait d'attirer son œil tout au bas de la maison. *Par le soupirail*. Avait-il rêvé ? Il regardait fixement, mais il n'y avait rien. Avait-il vu des mains agripper les barreaux du soupirail… ? Il secoua la tête. Venue des nuages noirs, la pluie reprit de plus belle. Paul était déjà sur le perron et déverrouillait la porte.

— Vous venez… ?

6

Dans la pénombre de fin d'après-midi, Paul ouvrit tous les placards avant de tomber sur de quoi manger. Dehors la pluie fouettait les vitres. Un reste de Coca traînait dans le frigo.

— Désolé, commença-t-il, mais mes parents...

— On sait, firent les deux autres en même temps. Viennent de déménager, tout ça... !

— Par ici le Coca ! jubila Thibald.

Annaë venait de poser son sac de cours sur la table.

— Bien, lança-t-elle. Je vais préparer ce qu'il faut.

Elle extirpa du sac un stéthoscope, une sorte de talkie-walkie, un boîtier doté d'un œil, ainsi qu'un enregistreur.

— Qu'est-ce que c'est que ce bordel ? fit Paul, écarquillant les yeux.

— J'te l'avais dit qu'elle était bizarre, cette fille, gloussa Thibald entre deux bouchées de brioche fourrée.

— Présentation du matériel. Ça, c'est un stéthoscope.

— J'ai bien vu, dit Paul. Ça va te servir à quoi ?

— À ausculter.

— Les murs de la maison, ajouta Thibald déglutissant. Si ça sonne creux et tout. Si y a des trucs dans les cloisons, genre des rats ou des cadavres.

Paul frissonna. Dehors la pluie redoubla. Annaë reposa le stéthoscope et attrapa un autre objet.

— L'enregistreur. C'est pour enregistrer.

Paul attendit la suite. Il devinait qu'Annaë prenait un malin plaisir à faire traîner les choses.

— Mais c'est pas un numérique, poursuivit-elle en effet. C'est un truc qui utilise des bandes magnétiques. Des cassettes. Je l'ai trouvé sur une foire à tout, le type à qui je l'ai acheté hallucinait de réussir à vendre ça. Mais sur les bandes magnétiques, on entend beaucoup mieux. Les grattements. Les craquements. Les murmures.

Elle avait baissé la voix.

— T'en as déjà entendu ? fit Paul d'une voix rauque.

— Oui. Une fois.

Et vu la tête qu'elle tire, elle ne blague pas, se dit Paul.

— Ça, dit Annaë en brandissant le talkie, c'est un Mel-Meter.

— Et ça coûte 300 balles, mâchonna Thibald.

— Ouais, confirma Annaë. Mais celui-là, je l'ai volé sur un chantier.

— C'est une blague ? dit Paul.

Les deux autres firent « non » de la tête en silence. Annaë souriait.

— Un Mel-Meter sert à mesurer tout ce qui est champs magnétiques et changements de température. En gros, j'active ce truc, je le pose au milieu d'une pièce, et si quelque chose vient troubler le champ magnétique produit par l'appareil, il le détecte.

— Donc si je passe à côté, dit Paul, il l'enregistre ?

— C'est ça. Mais le plus intéressant, c'est quand on a l'impression qu'il n'y a rien, et qu'en fait *il y a* quelque chose.

— Et ça ? fit Paul, tendant la main vers le boîtier carré.

Annaë fut plus preste et attrapa le boîtier.

— Me dis pas que t'en as jamais vu ? C'est une GoPro. Une caméra compacte. Haute définition. Infrarouge. Si je la stabilise correctement, elle filmera tout ce qui se passera dans le noir.

Dehors, les nuages sombres étaient peu à peu remplacés par la nuit. Thibald avait arrêté de mâcher. Pendant quelques minutes, on n'entendit que la pluie cogner le vitrage. Ils regardaient la table où se trouvait le matériel.

— Faudrait peut-être que je vous montre où c'est, fit Paul d'une voix serrée.

Il se tourna vers un recoin de la cuisine caché par une nappe d'ombre. Les deux autres tournèrent la tête à sa suite. « C'est juste là. »

7

Des profondeurs de la cave vint l'air glacé, plein d'humidité et de terre moisie.

— Où est la lumière ? chuchota Thibald.

— Y en a pas dans l'escalier, rétorqua Paul. L'interrupteur est en bas.

— Eh ! les nuls, souffla Annaë, parlez plus fort. J'vais croire que vous crevez de trouille.

Ce qui ne l'empêchait pas de chuchoter elle aussi. Ils s'engagèrent dans l'escalier ; il y avait peut-être trente ou quarante marches. La lumière de la cuisine les éclaira au début, mais arrivé au tiers de l'escalier on n'y voyait plus rien.

— J'y suis, murmura Paul. J'ouvre.

Au bas des marches se trouvait une sorte de portillon – quelques lattes de bois tenues par du fil de fer. Paul fit cliqueter le loquet, puis tâtonna de la main sur le mur jusqu'au boîtier plastique où se trouvait l'interrupteur. Derrière lui, plus aucun son. « Hé ! » appela-t-il d'une voix forte. « Vous êtes où... ? »

— Juste derrière toi, mec, dit Thibald d'une voix lugubre qui le fit sursauter.

Il alluma la lumière. La cave s'étendait devant eux.

— Ah ouais, siffla Thibald. Tu parles d'un bronx !

— J'vous l'avais dit.

Vélos aux pneus dégonflés, planches, tringles de fer, cartons, outils étalés au sol, étagères chargées de bocaux vides meublaient l'espace.

— C'est de la terre battue, nota Annaë.

— Oui. Dans mon rêve, d'ailleurs, le sol aussi est en terre battue. Pour le reste, ça ne ressemble pas à ça. Il y a une chaise au milieu, et la fille est là.

Paul se planta au milieu de la pièce, juste sous l'ampoule. Le bruit du vent leur parvenait par le soupirail, situé à l'autre extrémité. Annaë sortit un carnet de son sac et dressa un plan rapide des lieux.

— On va installer le matériel, dit-elle. Il faut en avoir le cœur net ! La caméra, dans un coin de la pièce pour tout voir. L'enregistreur, suspendez-le au plafond pour capter les sons à 360°. Allez !

Ils s'activaient quand la lumière clignota soudain, grésillant dans le silence de la cave ; Annaë et Paul, les yeux arrondis par l'inquiétude, se tournèrent vers Thibald qui leva les deux mains. « Heu, c'est ma faute, j'ai touché au fil de l'ampoule pour accrocher ce crétin d'enregistreur ! » Annaë soupira.

— Quant au détecteur, tu le mets au milieu aussi, mais...

Elle s'interrompit en observant Paul, qui était en train de fouiner dans un coin de la cave et avait soudain arrêté de bouger.

— Eh, mec ? lui dit Thibald.

— Qu'est-ce que tu as trouvé ? souffla Annaë.

— J'crois bien que c'est ça, fit Paul.

— Que c'est quoi ?

Ils s'approchèrent de Paul. Il leur montra du doigt une vieille chaise de bois. Trois barreaux reliaient le dossier à l'assise, mais l'un d'eux était brisé.

— La chaise de mon rêve.

Un silence flotta. Paul respirait lourdement. L'odeur de terre moisie envahit ses narines. Il approcha la main de la chaise, toucha le montant. Le bois était du bois, mais il avait quelque chose de poisseux.

— Hé, dit Thibald en posant une main sur son épaule. C'est qu'une chaise. Elle va pas te bouffer.

— Au passage, ajouta Annaë avec un rire forcé, t'aurais pas trouvé la fille qu'allait dessus ?

Paul murmura juste :

— C'est la chaise, j'vous dis. La chaise du rêve. Y a le même barreau cassé.

— Tu l'as peut-être vue en aidant ton père à ranger ce merdier ? suggéra Thibald. Et après ton cerveau l'a balancée dans ton rêve, au milieu de la cave ?

— J'ai jamais vu cette chaise, grogna Paul.

— Tant qu'à faire, ricana Thibald, on n'a qu'à la mettre comme dans ton rêve !

Il attrapa la chaise et la cala au milieu de la cave. Paul l'observait sans bouger. Dehors le vent faisait rage, rabattant des trombes de pluie sur les murs de la maison. « Bienvenue en Normandie, mec », grommela Thibald.

— Bon, fit Annaë. On passe à l'étape suivante. Je vais ausculter les murs.

Elle retourna au sac posé par terre, s'agenouilla et en tira le stéthoscope. Elle commença par le mur ouest.

— C'est bizarre, dit-elle, ça sonne creux. Y a une autre pièce à côté ?

Paul fit « non » de la tête. Pour ce qu'il en savait, à vrai dire… Annaë fronça les sourcils et regarda au sol. Une mince fissure qu'ils n'avaient pas vue au premier abord courait sur toute la longueur de la pièce, coupée net par le mur. Elle balaya la terre du tranchant de la main à petits coups vifs, dégageant la poussière pour mieux y voir. Du doigt elle suivit la fissure, puis toqua contre le mur, examinant les résonances à l'aide du sthétoscope.

— Je suis sûre qu'il y a quelque chose derrière, affirma-t-elle.

Paul et Thibald se regardaient, clignant des yeux. Annaë se redressa et se dirigea vers le mur nord. Avec un claquement la lumière s'éteignit.

8

À travers le vent qui tournait autour de la bâtisse, on entendait à peine leur respiration.

Paul se concentra. Il fit un pas vers ce qu'il croyait être le centre de la pièce, et buta contre la chaise. « C'est quoi ce foutoir ? », souffla Thibald juste à côté de lui. « C'est rien, dit Annaë à mi-voix. Ça doit juste être le vent qui a fait sauter les plombs. » Paul attrapa Thibald par le bras. Sa main devait ressembler à une serre crochue ; Thibald poussa un cri. « C'est moi », murmura Paul. Thibald soufflait par le nez, maintenant. Ils se dirigèrent vers le coin où devait se trouver l'escalier ; Annaë n'était pas loin. Paul capta sa respiration devant lui, sur la droite. Il tendit le bras : rien. « Vous êtes où ? », souffla une voix sur sa gauche. *Annaë !* Il retira brusquement son bras du vide, secoua la main, l'essuya sur son jean. Un frisson atroce parcourut son dos. « On se barre d'ici », souffla-t-il. Les mots furent couverts par un craquement venu du dehors, suivi d'une lumière aveuglante – un éclair. Paul faillit hurler en voyant devant lui la face blafarde d'Annaë. Elle crevait de peur. Elle prit sa main. Sa main à elle était douce… pas cette horreur vide, glacée… Il y eut un autre éclair ; le regard de Paul tomba sur la chaise vide. Thibald le tira par le bras en criant « Par ici… ! », et ils atteignirent l'escalier qu'ils grimpèrent à toute vitesse, manquant se casser la figure.

Quand ils parvinrent dans la cuisine, Paul claqua la porte et tourna la clef dans la serrure d'un coup sec. Puis il regarda Thibald et Annaë. Ils étaient trempés de sueur.

9

L'électricité n'était pas revenue. Thibald avait bien trouvé le compteur électrique, mais le disjoncteur principal refusait de fonctionner. Annaë, pendant ce temps, jetait des coups d'œil par les fenêtres.

— Pas une lumière chez les voisins. Laisse tomber, le courant a sauté dans le quartier.

— Peut-être un arbre sur des fils électriques ? suggéra Paul.

Les deux autres se regardèrent sans rien dire. Thibald rompit le silence.

— Bon, mec. Il est tard. Je dois rentrer chez moi, sinon mes parents vont s'inquiéter.

— Avant que le courant saute en bas, glissa Annaë, j'ai vérifié que l'enregistreur et le reste étaient allumés. On verra le résultat demain, d'accord ?

Paul hocha la tête. Il n'avait pas la force de les empêcher de partir. Ils avaient déjà enfilé leurs manteaux et embarqué leur sac sur l'épaule.

— Bonne nuit quand même ! lança Thibald dans l'allée.

Arrivée au portail, Annaë se retourna et fit un geste vers Paul. Il vit ses lèvres bouger, mais la flotte qui tombait l'empêcha de comprendre ce qu'elle lui disait. Quelque chose dans ses yeux – à travers le rideau de pluie – lui faisait penser à quelqu'un, mais qui… ? Ils passèrent le portail, et il se retrouva seul. Il resta un moment à contempler le portail qui venait de se fermer. Puis il fut frappé à nouveau par le regard de Lucie. *Lucie ? Non, Annaë. Annaë.* Mais c'était bien ça, il venait de trouver ; Annaë lui faisait penser à sa meilleure amie d'avant. Et par ricochet, il en vint à se dire que Thibald ressemblait bien un peu à Talid. Il y avait quelque chose de *large* dans ses manières. Il arrivait pas à trouver un autre mot, ça ne voulait rien dire, et en même temps il se comprenait. C'était un signe. Un signe de quoi ? Il n'en savait rien. Mais ça lui réchauffait un peu le cœur.

Sur le perron, glacé par la pluie, il inspira profondément. Un éclair plus faible illumina la nuit au-dessus. *Reprends-toi mon pote*, se dit-il en refermant la porte de l'entrée. *Jouer à se faire peur. C'est plutôt cool, non ?* Il avait laissé son téléphone sur la table du salon ; l'écran luisait faiblement. *Un message*. Il lut les quelques lignes : c'était pas bon du tout. Ses parents ne rentreraient pas avant vingt-trois heures. *C'est pour ça qu'ils t'ont donné un téléphone à ton âge*, chuchota une voix dans son crâne. *Pour faire comme les grands. Pour te dire qu'ils rentrent tard. Mais la vérité, Paulie, c'est qu'ils n'en ont rien à foutre*.

Il serra le téléphone dans son poing. La petite voix était apparue le jour où ils avaient emménagé. De temps en temps, elle surgissait et lui soufflait des choses désagréables, mais qui avaient l'accent de la vérité. *La vérité, c'est jamais tout rose, hein ?* se dit-il. Il ouvrit les tiroirs d'un buffet. Où étaient ces fichues bougies… ? Au début cette voix lui faisait peur ; maintenant moins, il l'avait apprivoisée, il lui avait donné un nom. C'est comme ça qu'on se débarrasse de ce qui fait peur, en donnant des noms à l'informe. Le Ricaneur.

— Tais-toi, Ricaneur, murmura Paul dans le vide du salon. Et toi, tu vas pas te laisser abattre, hein ?

C'était pas seulement le vide, c'était aussi le noir. Il était sept heures du soir, et on n'y voyait plus grand-chose. Il se souvint brusquement d'un truc, c'était un carton dans la cuisine où il y avait marqué « Chauffe-plats ». À l'idée d'allumer une de ces sacrées bougies, son cœur bondit plus joyeusement dans sa cage thoracique. *Peut-être même que tu pourrais te permettre un sourire, Paulie*, fit la voix.

Il revint dans la cuisine, guidé par la lampe de son téléphone. À l'aide de la lampe, il trouva le carton contenant les bougies, au milieu d'un fatras d'ustensiles de cuisine. Venus de plus loin, un cri et un bruit métallique le firent sursauter.

Ça provenait d'en bas. Relevant son téléphone-lampe, il fixa la porte de la cave. La clef luit brièvement dans l'ombre.

Il secoua la tête ; il avait dû rêver. *Comment t'as pu entendre ça à travers le boucan du vent et tout ?*

Mais la voix sous son crâne ricana autre chose. *Une barre métallique. Comme si on avait fait tomber une...*

— Ta gueule, grimaça Paul.

... barre métallique.

— Ta gueule ! fit-il plus fort.

Il se concentra. Plus un bruit, maintenant... Pas un seul bruit de barre métallique. Pas de cri. Il souffla.

Dans un tiroir de la cuisine, il trouva un briquet. C'était ça. Ce dont il avait besoin maintenant, c'était de lumière. Lumière et chaleur. Sortir de la cuisine aussi. Et se faire couler un bon bain.

Maintenant que cette idée l'avait accroché, il en crevait d'envie. Il quitta la cuisine et ferma la porte derrière lui. Il n'y avait pas de clef. *Dommage*, pensa-t-il.

Il traversa le salon en vitesse, le briquet dans la poche, le sachet de chauffe-plats dans une main. Il grimpa l'escalier, emprunta le couloir qui longeait les chambres. Tout au bout se trouvait la salle de bains.

10

Il alluma la première bougie et la posa en équilibre sur le lavabo. La flamme vacilla. Paul releva la tête et sursauta. Son double le regardait dans le miroir, déformé par l'obscurité. Dans son dos s'étendait la salle de bains. Son père avait insisté pour arracher la précédente baignoire et installer un de ces modèles anciens, une vasque à pattes de lion. Dans l'ombre luisaient les flacons de parfum de sa mère, et en arrière-plan la tuyauterie d'argent, qui rampait le long de la porcelaine et s'agrippait au rebord, lançant deux robinets en forme de crochets au-dessus de l'endroit où l'on était supposé s'allonger. Il cligna des yeux. Son double cligna des yeux. Il soupira et jeta un œil derrière lui malgré tout, pour voir si personne ne l'avait suivi. C'était ridicule ; il n'y avait personne.

Paul se détourna du miroir et referma la porte. Le loquet cliqueta dans le silence. Il alla jusqu'à la baignoire et ouvrit les robinets ; le flux d'eau se mit à couler, rassurant. Le problème, c'est que son père avait littéralement arraché l'ancienne baignoire ; de là où il était, Paul pouvait voir encore le mur où pendaient des lambeaux de colle et où le plâtre abîmé par le choc laissait courir une brûlure à l'ancien emplacement. Papa n'avait pas pris le temps de retaper le mur. *Dommage*.

Paul resta un moment accroupi devant l'eau, la main sous le jet pour régler la température. Puis il se releva, alluma deux autres bougies. Il n'y avait peut-être plus d'électricité dehors, mais il y avait de la lumière ici. Il frissonna de contentement. Par la fenêtre il distinguait à peine les arbres du jardin et la rue encore au-delà, et le vent charriait des tonnes de litres de pluie, mais là où il était, il faisait chaud et doux, et l'eau coulait dans la baignoire, et bientôt il s'y reposerait. Il se déshabilla et se glissa dans l'eau. Elle était chaude à point.

Il soupira encore, s'allongea. Il essaya de réfléchir aux derniers jours, mais il en revenait toujours à Thibald et Annaë. La fille, surtout. Annaë. Pas un prénom commun, Annaë. Et Thibald, ça aussi c'était original. *Et toi Paul, t'en penses quoi du tien ?* Il en pensait pas grand-chose de bien. Paul, tout le monde s'appelait comme ça, on connaît tous un Paul. On pouvait pas dire que ses parents avaient fait original, pas qu'il aurait absolument voulu s'appeler Mathis ou Kylian, mais… Mais Annaë et Thibald, ça c'étaient des noms que ne pouvait pas porter n'importe qui. Paul, si. Ça prédestine à rien de grand. *Hein, Paul ?* Il soupira encore. N'empêche, Annaë et Thibald lui avaient un peu remonté le moral, malgré la sale peur dans la cave, tout à l'heure – et tout à l'heure ça lui semblait des siècles.

Les nouveaux amis et le bain, l'un dans l'autre, il se sentait pas mal.

De là où il était, il pouvait voir les trois flammèches danser dans le miroir. Il respirait bien maintenant. Il sourit et ferma les yeux.

11

La première chose qu'il entendit, ce fut le clapotis d'une goutte d'eau.

Il ouvrit les yeux avec difficulté. *Tu t'es endormi, Paulie. Qu'est-ce que… ?* Une goutte tomba encore au niveau de sa poitrine, puis – quelques secondes après – une autre. Ça devait venir du plafond ; était-ce la pluie qui était rentrée sous le toit et coulait maintenant du grenier jusqu'à une fente, goutte à goutte ?

Il prit conscience du froid et toute sa peau sembla se rétracter. L'eau était glacée. Il redressa la tête hors de la baignoire ; sa nuque se tendit. Il n'y avait plus de lumière nulle part, les bougies s'étaient éteintes, et quand il renifla, une odeur âcre de fumée froide lui rentra dans les narines. Il toussa et eut un frisson. Dans le noir la salle de bains semblait plus grande, le plafond lui parut à des kilomètres, et sa toux résonnait sur le carrelage. *Si tu sors pas tout de suite de cette flotte, tu vas crever d'une pneumonie*. Il s'appuya des deux mains sur la vasque et commença à se relever, mais quelque chose lui fit tendre l'oreille, et il arrêta de bouger.

Krr.

Il crut que ses yeux allaient lui sortir de la tête. Ça venait des tuyaux de l'autre côté de la cloison. *Tout en bas*. Les tuyaux grinçaient. *Grinçaient*.

Krr.

Quelque chose montait par les tuyaux. Quelque chose qui venait d'en bas. *C'est pas possible. C'est un cauchemar. Tu vas te réveiller*, se dit-il à toute vitesse. Il chercha une prière ou un truc pour éloigner les sales histoires, mais il n'y avait rien dans sa tête, rien, rien. *Krr*. Et maintenant c'était tout près de lui, à un mètre au-dessous du niveau de la baignoire… Ce-qui-grimpait avait grimpé vite… *Krr.* Il se contracta de partout, mais il n'arrivait toujours pas à bouger. Il y eut un craquement juste à côté dans l'eau en même temps que la goutte du plafond. Du dehors un grondement fit trembler les nuages et il y eut un éclair. Ce qu'il vit sur le mur juste à côté de lui l'aurait fait hurler s'il avait pu articuler le moindre son. Une lézarde courait le long du carrelage. Maintenant il n'y voyait plus rien, mais un autre craquement crépita tout près ; le carrelage était en train de se fendre – non. Non. Quelque chose était en train de fendre le carrelage *de l'autre côté*. Il y eut encore un éclair. Il crut que son cœur allait s'arrêter. Une large fissure avait creusé le carrelage. Dans la fissure, des doigts s'agitaient – des doigts sans ongles et blancs, comme des vers, qui se tortillaient pour trouver leur passage jusqu'à l'autre côté du mur, jusqu'à lui, Paulie, pour le prendre par le cou, pour le crocheter par la chair du bras, pour lui arracher les yeux. Alors il hurla, et dans le troisième éclair il vit la main sortir de la fissure et se tendre vers lui, à hauteur de bouche. Il voulut reculer, mais il n'y arrivait pas, et la main sortie du mur le toucha, l'un des doigts s'accrocha à sa lèvre inférieure – une chose molle, horrible. Alors il trouva l'énergie de reculer la tête, de bondir hors de la baignoire, s'écrasant par terre dans une gerbe d'eau glacée, et de ramper jusqu'à la porte de la salle de bains. Sur le chemin – quatre mètres de carrelage –, des sons inarticulés se mirent à sortir de sa gorge, comme s'il vomissait sans pouvoir se contrôler. Il n'eut conscience que de sa main gauche, qui traînait la serviette de bain au sol. *La serpillière, la serpillière*. Il y eut un quatrième éclair, mais il refusa de se retourner. Dehors le vent se mit à hurler, mais comme Paul claquait la porte d'un coup de pied, se retrouvant nu dans le couloir et sur le parquet râpeux, la voix venue du fond de son cerveau hurla de rire. *Ce n'est pas juste le vent. Écoute bien ! Tu n'entends pas… ? Il y a autre chose… Quelqu'un qui crie… Derrière le mur, le carrelage… qui crie et qui te veut… !*

Il resta là au bord de l'évanouissement pendant une heure peut-être, assis par terre – la jambe à travers le couloir, le pied contre la porte pour l'empêcher de s'ouvrir. À un moment, il réussit à s'enrouler dans sa serviette. Elle était trempée. Il essaya de ne pas penser au fait que la serviette qui touchait son corps avait essuyé le carrelage, la poussière et la crasse – les rognures d'ongles qui traînaient dans les coins... les peaux mortes dans la rigole des joints... Peine perdue. Une fois ou deux, il eut l'impression d'entendre le bruit (*Krr*) résonner de l'autre côté... très loin... Il sursauta à chaque coup.

Quand il entendit le moteur de la voiture dehors – ses parents qui rentraient –, ses nerfs lâchèrent et il se remit à pleurer. Il rampa jusqu'à sa chambre, ferma la porte – voulut la fermer à clef, mais il n'y avait pas de clef –, grimpa dans son lit, serra les poings et fit semblant de dormir. Un peu après, son père ouvrit la porte pour voir si tout allait bien, et allongé sur les draps humides il ne bougea pas. Il y eut des exclamations en bas au sujet de l'électricité qui avait sauté, puis dans la salle de bains où ses parents constatèrent qu'un des tuyaux avait explosé, fendant le carrelage, mais à ce moment Paul dormait vraiment. Et cette fois, même le grincement venu des marches de l'escalier ne parvint pas à ses oreilles.

12

— Oh, toi… t'as pas bien dormi, nota Annaë le lendemain matin dès l'entrée du collège.

Paul secoua la tête, la gorge nouée. Puis il crut que son dos allait s'écrouler : Thibald venait de lui mettre une grande claque entre les omoplates.

— Alors… ?

— C'était affreux, souffla Paul. Y a pas de mots pour ça.

Il leur raconta tout, le bain, les bougies, le bruit dans les tuyaux, la main à travers le mur, et en racontant il se passait les doigts sur la lèvre. Thibald secouait la tête comme s'il n'y croyait pas, et dans les yeux d'Annaë brillait un truc comme si elle avait mis la main sur un trésor.

— On retourne chez toi ce soir, dit-elle posément. On va relever les appareils et passer tout ça au crible.

— Quoi ? grogna Thibald.

— En détail, mon gros. En détail. Les bandes d'enregistrement, la caméra, tout.

Paul se taisait. Il se tenait un peu voûté, c'était pas juste à cause du poids de son sac. Un grand type les frôla, rentra dans le collège.

— Lemoisne, nota Thibald. Cet abruti va encore nous raconter des trucs dont on n'a rien à foutre. Tu vas voir, ça va te changer les idées.

Il ponctua sa phrase d'une bourrade dans les côtes de son pote. Il avait bien besoin de ça.

*

— L'électricité est revenue, nota Annaë dès qu'ils parvinrent devant la nouvelle maison.

Elle désigna les lampadaires qui venaient de s'allumer. Une ombre de soulagement passa sur le visage de Paul.

Ils gravirent les marches du perron et entrèrent.

— Bon, dit Thibald. Maintenant, direction la cave.

— Je vous préviens, je passe pas devant ! fit Paul.

— C'est bon, grogna Annaë.

Elle se dirigea vers la cuisine puis la porte qui menait à la cave. Elle hésita une seconde, puis posa la main sur la poignée. « Vous venez… ? »

Paul et Thibald attendaient un peu en arrière ; ils se regardèrent puis suivirent Annaë. Ils descendirent les quarante marches sans autre bruit que leurs pieds frottant la pierre. Ils débouchèrent dans la cave.

La terre battue était humide. Aux murs, de larges plaques noires étaient apparues.

— Les appareils, fit Annaë. On les prend et on s'en va.

Paul regardait au centre de la pièce. La chaise était tombée. *Et pourquoi ?* souffla la voix dans sa tête. *Pourquoi, à ton avis… ?* Il secoua la tête.

Ils s'employèrent à ramasser les appareils, puis remontèrent l'escalier. Paul ferma soigneusement la porte et tourna la clef. *Mais tu sais bien que ça ne sert à rien*, nota le Ricaneur. *Tu peux la tourner dix fois dans la serrure, ça ne servira à r…*

— Paul ? fit Annaë. On s'y met ?

— Dans le salon, dit Paul. La table est plus grande.

Il alluma tout ce qu'il put trouver comme lumière. Les ampoules chauffèrent à retardement. Annaë brancha la caméra sur l'ordinateur du salon et rembobina la cassette. Puis elle examina le Mel-Meter. « Oh-oh ! » murmura-t-elle les sourcils froncés.

— Quoi ? firent les deux autres en même temps.

— Ça n'a pas fonctionné. On dirait que le Mel-Meter s'est coupé dès le début. J'étais sûre de l'avoir déclenché !

— Et le reste ? fit Paul.

— On va voir l'enregistreur. Je l'ai fait tourner au ralenti pour avoir plus de bande. Tu penses avoir pris un bain combien de temps après notre départ ?

— Je sais pas. Une heure ?

Annaë enclencha la cassette. Pendant dix minutes ils ne dirent plus rien, écoutant le grésillement de la bande se dérouler.

Rien non plus, soupira Thibald. T'es sûre que t'avais appuyé sur…

Paul abattit sa main sur le bras de Thibald, les yeux exorbités : « C'est là. » Il y avait eu quelque chose au milieu des grésillements. Annaë rembobina et remit en route. Ils se penchèrent tous les trois au-dessus de l'appareil.

crrkrrrrrshaahhhrrhhhnhnh*krrrkk*shhhaahhssrcheeehh

Il y eut trois bruits similaires – puis la cassette s'arrêta. Annaë ouvrit le boîtier, examina la bande : elle n'était pas finie. Elle réessaya, rien. Elle secoua l'enregistreur, recula, appuya sur *play* ; ça ne fonctionnait plus. La sueur commençait à perler sur le front de Paul. Pour la première fois depuis le début de cette histoire, Thibald n'avait pas l'air dans son assiette.

— Intéressant, souffla Annaë. Voyons les images.

Le temps que tout soit prêt, Paul se leva pour augmenter le chauffage. Les courants d'air leur filaient de sales frissons. Enfin Annaë lança la vidéo, accélérant les images. Le décor de la cave telle qu'ils l'avaient vue défilait sur l'écran, sans que rien ne bouge.

— La lumière verte, c'est l'infrarouge, précisa Annaë.

— Attends ! coupa Paul. Fais voir ça ?

L'image venait de sauter avant de reprendre. Annaë revint en arrière et passa le film au ralenti. Elle appuya soudain sur *pause*.

— Oh bon sang…, lâcha Thibald.

— Là, murmura Paul. La chaise. Maintenant elle est par terre. Juste avant elle était encore debout.

— Et là, dit Annaë, tapotant l'écran d'un doigt. Vous avez vu ça ?

Ils approchèrent de l'écran. Dans un coin de la cave, les tuyaux de chauffage couraient le long des murs. Au milieu d'un tuyau de cuivre se dessinait une forme à peine perceptible, qui semblait y être accroché.

— C'est une main, fit Paul d'une voix rauque.

— Ça y ressemble…, souffla Thibald. Donc il y a bien quelque chose qui a grimpé le long de ces tuyaux… ? Mais comment… ?

Annaë se tourna vers Paul.

— Bon… J'ai une mauvaise nouvelle. Ta maison est hantée.

Paul se frotta machinalement la lèvre inférieure. *C'est pas juste des cauchemars, mon ami. C'est pas juste que t'arrives pas à dormir. C'est autre chose. Qu'est-ce que*

tu vas faire... ? Qu'est-ce que tu vas faire maintenant... ?
Thibald et Annaë le regardaient, le teint cireux.

— On va voir la salle de bains, dit Annaë d'une voix résolue.

Une fois là-haut, Paul vit que la fissure avait été rebouchée à la va-vite par son père.

— Il a dû faire ça ce matin avant le boulot.

Thibald se pencha au-dessus de la baignoire et gratta l'enduit encore élastique.

— Par contre, ajouta-t-il, il a vu ça ton vieux ?

— De quoi ? articula Paul.

— Ça, dit Thibald, se retournant.

Il tenait quelque chose du bout des doigts. « Eurk », fit Annaë en voyant ce que c'était.

— C'est un ongle, déclara Thibald. Un bout d'ongle noirci. Dégueu. C'était coincé dans le joint.

Annaë tira de sa poche un sachet de plastique.

— Pièce à conviction, par ici... ! clama-t-elle.

— Attends, coupa Paul, fais voir. Si ça se trouve c'est à mon père ?

Il examina le morceau d'ongle. C'était pas un ongle d'homme, et en jetant un œil aux mains d'Annaë, Paul vit que ça ressemblait. À travers le plastique, Paul palpa le morceau de corne. Elle semblait molle, comme après avoir passé trop de temps dans l'eau, et toute noire.

— On dirait que ça a gratté au mur, ou de la suie, dit Annaë.

C'était pas son père qui avait gratté les murs ou ramoné la cheminée, se dit Paul. Son père n'avait pas fait grand-chose dans la maison depuis qu'ils étaient arrivés, et sa mère non plus. La conclusion tomba dans la boîte vide de son crâne : *Tu es tout seul, ici*. Il secoua la tête et rendit l'ongle à Annaë.

— C'est pas à mon père. Tu vas en faire quoi ?

— J'vais l'archiver.

— Archi-quoi ? fit Thibald.

— Le classer, quoi. Dans un tiroir, avec une étiquette, genre : « Ongle du fantôme de la rue Serpente » !

— Mais moi, je fais quoi ? murmura Paul.

— Tu devrais tout dire à tes parents, lâcha Thibald. En fait, t'as pas le choix.

— Si je leur raconte ça, ils vont m'envoyer chez les fous, chuchota Paul. Annaë, tu peux rien faire ?

— Qu'est-ce que tu veux que je fasse... ? J'ai douze ans... Je veux bien *pister* les fantômes – d'ailleurs, hein, t'as vu, ça marche... ! –, mais je t'ai déjà dit que je savais pas comment faire pour les *chasser*.

Un crissement de graviers traîna le long de l'allée.

— C'est mes parents, éructa Paul.

— Au moins tu vas pas dormir tout seul cette nuit, remarqua Thibald.

« Paul ? », fit une voix venue du bas.

— J'suis là, Maman ! répondit Paul.

Ils descendirent.

— Tu nous présentes tes petits copains ? dit Maman.

Elle posa un sac de courses sur la table du salon.

— Ben, voilà Annaë, et voilà Thibald.

— Bonjour Madame, répondirent les deux en chœur.

Maman leur adressa un sourire.

— Vous restez avec nous ce soir ? Dîner et dormir ? Je pense que Paul meurt d'envie de passer une soirée avec des copains à la maison ! Paul, tu en dis quoi ?

Paul faillit lever les yeux au ciel, comme si sa mère savait de quoi il avait envie ou pouvait décider à sa place, mais au lieu de ça il se tourna vers Thibald et Annaë, une supplique muette dans les yeux. Annaë regarda Thibald.

— C'est une super idée, Madame, mais je dois téléphoner à mes parents avant.

— Moi aussi, marmonna Thibald.

— Ça nous ferait plaisir à tous, affirma Maman.

Personne ne fit de difficulté, et le temps du repas, Paul oublia ses problèmes. Tout en se resservant de la pizza et en examinant les têtes qui l'entouraient, il se dit qu'il avait de la chance d'être tombé sur Thibald et Annaë, et que ses parents avaient l'air contents d'écouter les anecdotes qu'ils racontaient sur un ton enjoué. Thibald parlait des profs et de la voie verte qui coupait la ville en deux sans que personne s'en aperçoive. « Alors, fit Maman, on habiterait sur une sorte de frontière ? L'ancienne voie ferrée passe au bout de notre jardin, on est juste sur la ligne... ! » Thibald dit que oui, et que c'était une remarque intéressante. Puis il raconta que son arrière-grand-père avait dirigé une usine, dans le temps, qu'il était devenu très riche, et qu'il avait fait construire beaucoup d'endroits dans Loupviers – mais aujourd'hui, l'usine était en ruine, et les endroits, décrépits. Il ne restait plus que des portes, « des postes-frontières, enfin, c'est comme ça que je les appelle, parce que ça donne sur des coins que plus personne connaît... » Et il y en avait un peu partout, des portes qu'on ne pouvait plus ouvrir, car toutes les clefs avaient disparu. *Toutes, sauf une, au moins*, se dit Paul en examinant Thibald. *C'était donc ça*. Annaë décrivit sa collection de timbres, et le père de Paul, qui collectionnait un tas de trucs, hochait la tête avec attention. « J'ai des timbres hongrois qui datent des années trente, c'est des témoins de l'époque d'avant... ! Des avions à deux plans, ce genre de choses... » Papa dit : « Tu me montreras ça la prochaine fois, c'est fascinant ! » La pizza était bonne, une algérienne avec de la saucisse au mouton, et il y avait de la salade. Maman reprocha à Papa d'avoir mis des épices bizarres dans la vinaigrette et Annaë rigola parce que son père faisait toujours pareil. Une douce chaleur les entourait. Paul se permit un sourire ou deux au moment où sa mère le regardait. Quand il faudrait dormir, il se sentirait moins seul, « Même si pour des questions de logistique et de morale, les enfants, vous dormirez chacun dans une pièce », dit son père avec un sourire en coin. C'était un obstacle à déjouer, mais Annaë et Thibald ça leur allait comme ça, et de toute façon quand Papa et Maman auraient le dos tourné, ils ne se priveraient pas pour se ruer dans la chambre de Paul. Ils mettraient sur pied un plan de bataille pour coincer le fantôme, ou inventer un aspirateur à sales rêves, oui, si jamais quelque chose traînait dans la cave en bas, sous leurs pieds – passées les cloisons de plâtre humide et de bois, tout en dessous –, au moment même où ils parlaient en faisant semblant de rien. « Vous auriez du Coca ? » demanda Thibald. « Bien sûr ! rigola Papa. Va te servir, c'est dans le frigo ! » Thibald se leva de table, s'en fut farfouiller dans la cuisine, on entendit la porte du frigo s'ouvrir avec le bruit de succion du joint neuf, et il revint avec une canette. « Tu sais qu'il ne faut pas trop en boire ? expliqua Maman d'une voix douce. Trop de sucre, c'est pas bon pour la santé. »

*

Un peu avant de se coucher, pyjamas et couettes propres, ils se retrouvèrent dans la chambre où dormait Annaë.

— Rendez-vous dans une heure, d'accord ? fit Paul. Quand « tout le monde » ronflera. Alors on ira voir.

— Voir où ? dit Thibald.

— Dans la cave, souffla Annaë. C'est logique.

— Oui, souffla Paul à son tour. C'est logique.

Ils frappèrent chacun leur poing contre le poing de l'autre et se séparèrent. Dehors la pluie commençait à tomber.

13

De savoir que Thibald et Annaë dormaient juste à côté lui faisait chaud au cœur. Paul s'allongea dans son lit et ferma les yeux.

Ce qu'il s'imaginait toujours – dans la maison d'avant –, c'est que son lit était une barque qui longeait une grande plage de sable. Il se demanda un court instant s'il allait lutter contre le sommeil. La pluie tintait contre les ferrures de son volet.

Il dodelina de la tête sur son oreiller de plumes, et s'endormit l'esprit rempli de pensées agréables. Un peu avant le sommeil, il se vit courir dans la cour de son ancienne école.

Près de la clôture, son ami d'avant, Antonin, l'attendait. Il le regardait de loin avec un sourire et tenait le fil de la clôture écarté de manière à pouvoir passer au-dessous. « Qu'est-ce qu'on fait ? » lui demanda Paul. La brise chaude, venue des montagnes basses à l'horizon, faisait flotter leurs cheveux. Antonin souriait toujours et souleva un peu plus le fil. Paul enfonça les mains dans ses poches. Au fond de la gauche, ses doigts rencontrèrent un objet arrondi, un objet en plastique. Il l'attrapa et le tint serré dans sa paume. « Je vais le chercher, alors ? C'est ça que je dois faire ? » Antonin, le sourire figé, inclina un petit coup la tête. Paul leva les yeux au ciel avec un rire et se pencha pour passer de l'autre côté. Il se trouva immédiatement parmi les hautes herbes, et prenant garde où il mettait les pieds, il se dirigea vers l'horizon bleu. Il inspirait à grands coups, laissant l'air tiède envahir sa poitrine. Il marchait depuis un moment, ne trouvant pas ce qu'il venait chercher, quand sur la droite quelque chose attira son attention. C'est une cabane, devina-t-il. Une cabane de berger. Il bifurqua pour aller voir. La cabane était une ruine ; le temps avait défoncé le toit de bois, érodé la pierre, et la seule fenêtre brisée figurait un œil d'aveugle. Un petit frisson courut sur l'échine de Paul. Mais c'était plutôt agréable. Autour de lui, les cigales crissaient sous les hautes herbes, grattement ironique. Paul ouvrit la porte ; l'odeur de moisi lui sauta au visage, mais il ne pouvait pas s'empêcher de rentrer pour voir. Il entra et ferma la porte. Et aussitôt tout fut noir – et ce fut comme si on avait éteint le soleil pour toujours.

*

Il se réveilla d'un coup, cherchant à reprendre son souffle. Dehors la pluie battait maintenant le volet comme une grêle de clous. Il respira à petits coups, se concentrant sur l'air qui essayait d'emplir ses poumons. « Tu es dans ta chambre. Tout va bien », murmura-t-il. *Dehors c'est la catastrophe, mais tu es au chaud, sous les draps. Y a rien de mieux, hein ? Rien de mieux*. Mais il n'était pas sous les draps. Les draps étaient tombés au sol. Il se pencha, les deux mains en avant pour les ramasser, et dégringola. Sa tête heurta le parquet avec un craquement sec. Paul gémit ; son cou lui faisait mal. Il fouilla des mains le parquet, sans jamais trouver les draps – et son lit lui semblait trop loin et trop haut pour y regrimper. *Comment tu vas faire maintenant... ?* Dormir sur le parquet cette nuit et attendre l'aube ? *Si l'aube vient un jour, Paul, si l'aube vient un jour... !* Il n'y avait plus de lumière sous la porte, plus ce trait jaune qui indique que de l'autre côté, quelqu'un vit encore.

Et dans le noir, il lui semblait maintenant que toute l'architecture de la chambre avait changé, que les proportions n'étaient plus les mêmes. Ses yeux s'agrandirent quand il se sentit glisser sur le sol, les genoux raclant contre le parquet. Était-ce une nouvelle crise ? *Somnus*, soufflait une voix déformée dans sa tête, ça ressemblait à Papa, mais en réalité c'était autre chose. *Tu en as de ces mots... En « réalité »... ? Mais Paul, il n'y a plus aucune réalité autour de toi. C'est la nuit, et la nuit, tout change... !* Il ferma les yeux jusqu'à ce que ses globes oculaires lui fassent mal, et c'est là que tout le reste disparut – la tempête dehors, son cou, la douleur qui irradiait et le bruit de sa propre respiration – et qu'il entendit ce qui le réveillait toutes les nuits. Le grincement au bas des marches.

Paul ne bougeait plus maintenant. Il cligna des paupières, croyant qu'il finirait par s'habituer à l'ombre. Il attendait. Il frissonnait. Il attendait et comptait dans sa tête. Il y eut (*trois minutes*) un autre grincement. C'était bien un grincement de marche. Comme si on avait appuyé un pied avec d'infinies précautions... Un pied qui n'avait pas pu éviter une latte mal jointe. Il se demanda ce que trafiquaient Annaë et Thibald. Il fallait qu'ils viennent. Tout de suite.

Une rafale de vent fit battre les volets de la chambre, pris dans leur loquet. Et quand le troisième grincement survint (*deux minutes*), le bruit était plus proche, oui, comme si ce qui grimpait par les escaliers avait enjambé une marche pour se hisser sur la suivante. *Une marche ?* souffla la voix dans sa tête. *Une seule ? Mmh. Je ne crois pas que ce-qui-grimpe ait sauté une seule marche. Deux marches, peut-être même trois ! D'un coup... Écoute bien... Si ça a de grandes jambes... Trois marches... !* Et tandis que la sueur commençait à couler le long de son cou et jusque dans son dos, pendant qu'il se disait qu'il devait se lever, décoller les genoux du parquet rugueux et lardé d'échardes, il y eut (*une minute, une minute seulement)* un autre grincement. *À ce compte-là, ce-qui-grimpe est déjà en haut de l'escalier...*

Il attendit, le tic-tac du chronomètre toujours en marche dans son cerveau. *C'est Papa. C'est lui. Il est monté en sautant des marches pour éviter de faire du bruit. Maman le lui dit souvent : « Tu fais trop de bruit quand tu viens te coucher. » Et maintenant il s'est couché, et moi aussi je devrais y retourner, où sont les draps... ?*

Il s'appuya du coude sur le parquet pour se relever ; ses genoux et son cou lui faisaient mal, *ce qui ne ferait pas de mal, ce serait de m'allonger un peu et de dormir*. Le dernier grincement avait crissé huit minutes auparavant, plus de huit minutes, et Paul devint sûr que c'était Papa qui était descendu puis était remonté, et pour finir s'était recouché.

Au fil du décompte, il avait fini par s'habituer à la pénombre, et il distinguait mieux les contours des meubles et la disposition de sa chambre. Il était juste à côté de son lit, pour finir, à un mètre, rien de plus. Le vent mugit et fit craquer à nouveau les volets (on aurait dit que quelqu'un lançait toutes ses forces à vouloir les arracher), mais une sorte de tranquillité avait envahi

Paul. Un sourire de soulagement s'étira sur son visage, ses poumons se relâchèrent et il eut l'impression que l'air revenait enfin dans tout son corps ; il se redressa, trouva enfin ses draps au sol, un sentiment de jubilation l'envahit car il allait enfin pouvoir dormir, et à ce moment la porte de la chambre s'ouvrit.

Oh, elle ne s'ouvrit pas franchement. Ce fut comme si la serrure avait lâché et que plus rien ne retenait la porte à son dormant. Elle pivota juste sur quelques centimètres, légèrement, très légèrement, pour faire le moins de bruit possible, le simple grincement d'une porte aux gonds mal huilés. Paul crut que son cœur allait s'arrêter, mais il n'avait encore rien vu, car la porte n'avait pas juste lâché, non, quelqu'un se trouvait derrière et poussait la porte.

14

Paul discerna la main qui tenait la poignée, et millimètre par millimètre l'ombre apparut. « Annaë ? » chuchota Paul. Quelque chose lui disait que c'était elle, et un élan le poussa vers la porte. Il se releva et fit deux pas hésitants ; mais maintenant la porte était ouverte, et dans la pénombre il voyait la silhouette se découper dans l'encadrement. « Annaë ? » souffla Paul à nouveau. Elle murmura quelque chose qui fut couvert par un grand fracas – et Paul, tournant d'un coup la tête vers la fenêtre, comprit que le vent avait gagné la bataille, que les volets avaient été arrachés par une rafale. Ils devaient pendre lamentablement sur leurs gonds, tordus contre la façade de la haute maison. La lueur des réverbères perça le rideau de pluie et fit luire les carreaux de la fenêtre, jetant dans la chambre de Paul un halo-miroir jaune et pâle. Il plissa les yeux. Annaë enleva la main de la poignée et son bras rejoignit lentement le reste de son corps.

Paul fit encore un pas, murmura une troisième fois « Annaë ? » mais si bas que personne n'aurait pu entendre.

Sous la lueur venue du dehors il distingua les traits d'Annaë, dont il semblait qu'on lui avait arraché les yeux – car à leur place, au-dessus d'un nez qui semblait avoir été rongé par la maladie, deux trous noirs étaient percés au milieu de son visage. *C'est pas elle*, se dit Paul, et les mots se mirent à tournoyer dans son cerveau en hurlant, se cognant contre les parois de la boîte crânienne, *pas elle du tout*. Son cerveau venait de se retourner dans la boîte, comme un horrible cafard, sur le dos et agitant les pattes – sans plus rien contrôler. La chose qui avait ouvert la porte s'avança vers lui d'un pas sûr – et Paul entendit comme si elle chuchotait à son oreille : *Tu devrais le faire pour t'en débarrasser, comme ça tu pourrais dormir enfin, dormir, imagine... ?*

Alors ils ne feraient plus de bruit dans la maison, alors plus rien ne craquerait, Papa arrêterait de descendre et monter les escaliers toutes les nuits, toutes les nuits qu'il te réveille ! Et Maman arrêterait avec son petit rire strident qui te met les dents à vif, comme si le dentiste passait la roulette ! Ils ne nous gêneraient plus et tu pourrais dormir. Fais-le. Fais-le... ! Tu devrais ! Fais-le !

Il hurla jusqu'à ce qu'elle soit tout près de lui et qu'elle ouvre les yeux, deux yeux jaunes perçants, qu'elle sourie de toutes ses dents, un million de dents pointues, qu'elle pose la main sur son bras, une main aux ongles morts – et il recula, tombant aussitôt.

La chose se rua sur lui.

Dans un éclat de lumière pâle, il vit que son visage avait changé – qu'il s'était déchiré en plein milieu –, qu'une autre bouche s'était allongée à travers la déchirure, où scintillaient mille dents. *Allons-y, allons-y... !* hurla la chose. Avec le sifflement d'un rat elle le mordit à la main ; il hurla encore, se débattit vivement, une douleur atroce envahit par degrés sa main, son poignet et tout son bras.

La chose avait roulé à l'autre bout de la chambre, se hérissant de tout son poil moisi – elle lui avait coupé les doigts de la main gauche à hauteur de l'auriculaire, trois phalanges manquaient, dont il ne restait plus que l'os. Il vit la chose aux yeux jaunes se redresser, déglutir, se passer la langue sur ses fines lèvres. Ça n'était pas tout à fait un rat ni tout à fait une fillette, ni tout à fait un loup, ni tout à fait une mante – elle tenait un peu de tout cela et d'autre chose, qui hululait maintenant dans la chambre, son cri confondu avec le vent horrible et glacé. Il se traîna sur les fesses, reculant à coups de talon jusqu'à son lit. La chose galopa sur le parquet et brandit ses deux bras, terminés par de grands crochets d'où pendaient de part et d'autre des doigts blancs qui ballottaient sans plus servir à rien, et elle abattit ses crochets sur Paul, coinçant un pan de son pyjama dans le parquet, le clouant au sol et tournant autour en claquetant – clac-clac ! clac-clac ! Et quand Paul voulut arracher son pyjama du crochet et se fourrer sous le lit, la chose hurla *Oui ! Oui… ! Par ici ! Tu as vu ? Les tuyaux ! Ils percent dans ce mur-là ! C'est par ici qu'on sort… !* et commença à le traîner sous le lit. *C'est bien là que tu voulais aller… ?* Tout le corps de Paul racla contre le parquet ; et quand il fut sous le lit, la chose le tira, le tira jusqu'à n'en plus pouvoir contre le mur, et du bout des orteils il sentit les tuyaux de cuivre s'enfoncer entre le mur et le parquet, filant en dessous, jusqu'à la cave. La chose tira encore et ses orteils heurtèrent violemment les tuyaux. *Viens ! Fais un effort ! C'est par là ! Laisse-moi te montrer ! Viens... !* Son orteil passa dans la rainure entre le parquet et le mur de la chambre, coincé entre les tuyaux. La douleur courut dans tout son corps comme une décharge d'électricité, pliant en deux sa colonne vertébrale, si fort qu'il en tapa du poing au sol, pendant que la chose hurlait « *Ça y est ! Un orteil est passé ! Viens par là ! Viens dormir tout en bas... !* » et tirait sur son pied pour le faire descendre par les tuyaux – entre le mur et le plancher, interstice si fin qu'on pouvait seulement y faire passer une feuille de papier, mais certainement pas un orteil, certainement pas un pied, ni le reste. Paul s'étouffait dans ses sanglots. Il tapa du poing au sol une dernière fois, et chaque centimètre de son corps colonisé par la douleur, pincement jusqu'au sang et brûlure de cigarette, il s'évanouit.

15

Elle s'éveilla en sursaut.

Son premier réflexe fut de regarder son poignet, mais sa montre était ailleurs, peut-être dans la salle de bains. Elle passa une main sur son front : quel rêve étrange ! Pas d'images, mais des bruits, quelque chose qui galopait sur un plancher. Elle se passa encore une main sur le front et tendit l'oreille, mais il n'y avait rien d'autre que le vent et la pluie, dehors. *Tu t'es endormie tout de suite. Quelle cloche ! Il faut dire, la pizza était chouette, et le papa de Paul si gentil... T'as dormi comme un bébé sitôt la tête sur l'oreiller, pouf !* Elle se rabattit sur le matelas et passa les bras derrière sa tête, elle adorait attendre le sommeil dans cette position, bien au chaud sous les draps et se laisser bercer par tous les bruits qui venaient de dehors. Elle demeura ainsi quelques instants et finit par froncer les sourcils, car à la réflexion, elle trouvait que le vent et la pluie faisaient un sacré boucan. *Ça vient du couloir… Comme si quelqu'un avait ouvert une fenêtre*. Elle prit son courage à deux mains, se redressa et sortit du lit en prenant bien soin que son pied droit touche le sol avant le gauche, on ne savait jamais. Quelques pas souples lui suffirent pour atteindre la porte : elle avait bien cartographié la pièce. *Bonne habitude*. Elle tourna la poignée, tira le battant, se trouva dans le couloir. Elle était pieds nus. La porte au fond du couloir, à l'opposé des parents, nota Annaë, était ouverte. La chambre de Paul. *Si ça se trouve, il est allé voir tout seul. Il est allé à la cave.* Elle fit quelques pas sur le parquet et s'arrêta. Il était clair maintenant que la fenêtre, là-bas, dans la chambre, devait être ouverte ; elle entendait des brassées de pluie tomber sur le parquet, et ses pieds humides lui confirmèrent cette impression. Elle sentit son cœur se serrer, et quelque chose d'absurde lui vint à l'esprit : *Si je ne ferme pas cette fenêtre, l'eau va s'infiltrer partout, et les sols, les murs vont pourrir. Pourrir*. Elle reprit le chemin vers la chambre de Paul, une main suivant le mur pour ne pas perdre le fil. Le couloir semblait maintenant plus étroit et plus long qu'à la lumière des ampoules, tout à l'heure. Elle s'arrêta aussitôt. Au fond du couloir – dans la chambre –, un éclat étrange s'était mis à palpiter, illuminant brièvement la nuit. *Pourtant, il n'y avait pas d'orage. Pas d'éclairs*. Son cœur était serré comme un torchon humide. Il y eut un autre éclat, un éclat jaune. Annaë sentit ses jambes faiblir, et dans son cerveau l'alerte rouge se mit à hurler et à tournoyer.

16

À force de tirer, il avait réussi à dégager son pied. Son gros orteil était probablement en charpie. Il s'extirpa de sous le lit, la tête vide et secoué de haut-le-cœur. Il était seul maintenant. La chose était donc passée par le trou du plancher… ?

Il porta la main à la base de sa gorge. Il avait peut-être mal digéré la pizza. Il passa la main sur ses lèvres mouillées de sueur. Il rota, toussa, rota encore, et finit par vomir, courbé en deux au-dessus du parquet. Il essaya de reprendre son souffle, les yeux exorbités. Dans la flaque de bile, à terre, flottaient trois morceaux. *La saucisse. C'est ça que j'ai pas digéré. Trois morceaux de saucisse*. Il demeura un moment courbé, le corps palpitant.

Puis il reprit le dessus. Traînant la patte, il se dirigea vers son jean, qu'il avait posé sur une chaise avant de dormir. Il fouilla la poche de gauche et sentit du bout des doigts, enfin, ceux qui lui restaient, un objet arrondi pas plus long qu'un demi-feutre. Il referma le poing dessus et serra les dents. Le Ricaneur susurra très vite : *Maintenant il va falloir faire quelque chose, Paul, sinon ça va recommencer. Et tu le sais très bien. Tu n'es plus à l'abri nulle part ici. Pas la peine de te recoucher. Ça va ressortir de sous le lit, repasser par les tuyaux, et ça pourrait bien te crocheter par en dessous, en perçant le matelas. Que vas-tu faire, Paul... ?* Il lui semblait être devenu insensible à la douleur horrible qui parcourait chaque centimètre de son corps. La pensée se nourrissait de la douleur, et soudain elle enfla comme un ballon chargé de gaz explosifs. Et entre ses dents serrées, il commença à siffler : *Tu vas crever. Tu vas crever.*

Tu vas crever.

17

Avant même d'arriver à la porte et quoiqu'elle eût les pieds glacés par la pluie qui coulait sur le parquet, une vague de chaleur intense portée par le vent la frappa au visage et elle sut ce que c'était. *Le feu. Le feu a pris dans la chambre.*

Mais aussitôt son cerveau corrigea cette idée : *Quelqu'un a mis le feu à la chambre de Paul.*

Son cœur se mit à battre à toute vitesse, elle se rua par la porte. D'abord Paul ne la vit pas. Il avait vidé tous les papiers sur lesquels il avait pu mettre la main en un grand tas sur le parquet, sous son lit – tous ses livres, ses cahiers de cours, des feuilles volantes –, et il y avait mis le feu d'une manière ou d'une autre. Le feu avait pris d'un coup, bondissant dans l'ombre, léchant les côtés du sommier jusqu'à ce que la mousse prenne feu à son tour, le matelas, les draps ; et le parquet au-dessous s'était mis à noircir et à fumer. Annaë s'arrêta au seuil, les deux mains sur la bouche pour s'empêcher de crier. Paul, quant à lui, attisait le feu, jetant d'autres livres, contournant les flammes, poussant à grands coups de reins son lit vers les autres meubles, hurlant « Tu vas crever... ! » d'une voix stridente et brisée, à intervalles réguliers. À la lumière des flammes, Annaë vit qu'il s'était blessé à la main.

C'est à ce moment que Paul tourna la tête et la vit dans l'encadrement de la porte. Une flamme jaillit juste à côté de lui et le força à se décaler, jetant une lumière étrange sur la fille – n'illuminant que les parties saillantes du visage, de façon à ce que les yeux semblaient renfoncés dans leur orbite, et pour ainsi dire absents. Il sentit une fureur immense s'emparer de lui, et il se précipita vers elle avec un cri horrible. Annaë recula vivement, pas assez pour éviter Paul qui voulut la griffer au visage. Elle cria et rejeta Paul d'un coup de bras ; elle tituba en arrière, et s'apprêtait à se défendre, mais elle n'en eut pas besoin. Avec un grand claquement, la porte se referma.

Elle se trouva dans le noir, désorientée et la tête pleine de sons inarticulés, tout juste capable de reculer pas à pas. Elle hurla quand elle se cogna contre une masse qui se tenait au milieu du couloir. « C'est moi ! vociféra Thibald. Qu'est-ce que c'est que ce barouf… ?

— Il a mis le feu, suffoqua Annaë. Il faut réveiller tout le monde. Il est devenu complètement fou.

18

Il voulait juste être tranquille. Il ne voulait pas qu'on le dérange.

Il avait un travail à finir, et il fallait finir le travail.

Il mit les poings sur les hanches et partit d'un grand éclat de rire. Le lit brûlait. Son bureau brûlait. Les flammes léchaient le papier peint qui se déchirait en lambeaux noircis, découvrant les murs lépreux derrière, rongés d'humidité. *Je savais bien*, jubilait-il. *Je savais bien que cette maison était pourrie jusqu'à l'os. Je savais bien qu'il fallait pas déménager.* Il fut interrompu dans son état des lieux par un craquement derrière lui, comme croule un tas de bois. On n'en était pas loin ; il s'approcha du carnage, l'œil curieux.

Dans le plancher près du mur, à l'ancienne place du lit, le parquet avait cédé sous l'assaut du feu, ainsi que toutes les poutres et le plâtre au-dessous. Le résultat était un grand trou rond, noirci au bord, par lequel il pouvait voir le tas de bois et de gravats tombé dans la cuisine, maculant la table et le sol. Paul souffla par le nez et fit cliqueter nerveusement le briquet, qu'il avait gardé dans son poing serré. Il y connaissait rien en architecture, mais sous la chambre se trouvait la cuisine, et sous la cuisine, la cave. *Finir le travail.*

Fallait avouer qu'il commençait à faire chaud par ici. Le visage noirci par la cendre où les larmes avaient tracé des veines grises, il s'accroupit au bord du gouffre, et prit appui sur le moignon d'une poutre. Il sentait pas la douleur, mais la vue des os dépassant de ses doigts le fit grimacer. Il serra les dents et se retourna ; puis il se laissa glisser, bras tendus au-dessus de la cuisine, qui se trouvait bien à deux mètres. *Sacrés plafonds hauts.* Il balança quelques secondes ainsi, mais les coups sourds qui éclatèrent soudain contre la porte de sa chambre et les cris affolés de Maman, « Paul ! Paul-tu-m'entends ? Ouvre… ! », lui firent lâcher prise, et il tomba dans le vide.

19

Verrouiller la porte qui menait au salon.

Là-haut, un craquement plus violent se fit entendre, et des cris horrifiés. « Tout brûle… ! » *Tout brûle… ? Bien sûr que ça brûle. Mais le travail n'est pas fini.*

Fouiller dans tous les placards de cuisine. Rafler les flacons d'huile, les bouteilles d'alcool fort planquées dans les placards du haut. Le placard aux toiles cirées, aux torchons, qu'il se mit à entasser contre le mur, où couraient les gros colombages de bois, du sol au plafond. Verser l'alcool à grands hoquets de goulot sur le tas de chiffons.

Puis faire cliqueter le briquet. Le feu prend tout de suite. Mais ce n'est pas fini. Il s'empare des bouteilles d'huile, et verse de l'huile sur le feu. Un grand sourire balafre son visage. *Ah-ah. De l'huile sur le feu*. Soudain, il se retourne et fait face à la porte de la cave et les flammes dansent de l'autre côté de la pièce, et il attend. Il attend. Il attend. Il attend.

De très loin il entend des bruits de galop dans l'escalier, et plus loin encore – venue du fond des rues – la sirène d'un camion de pompiers. Autour de lui, les flammes tranquilles tâchent de tout dévorer. Il attend. *C'est bientôt fini. Tu en as bientôt fini avec cette maison. Tu as allumé assez de bougies. Tu peux être fier de toi.*

La chaleur atroce le fait transpirer à grosses gouttes, la sueur se fond avec les larmes sur son visage. De très loin il entend les cris venus de dehors, les suppliques, les gens qui lui disent de sortir. Il attend toujours. Au moins dans la cuisine plus rien ne bouge hormis le feu, tout est calme – un silence hystérique – mais il lui semble flotter là-dedans sans que rien ne puisse le troubler. *Je vais bientôt pouvoir mourir*, se dit-il, et le dernier mot le fait sursauter au moment où il éclate dans sa tête. *Attends. Non. Dormir, c'est ce que je voulais dire. Mourir ? Qui veut mourir à onze ans... ? Dormir. C'est ça. Mourir. Non. Dor...*

Attends.

Qu'est-ce qui se passe, Paul ? Qui a fait ça ?

C'est toi qui as fait ça.

Non. C'est pas possible.

Il ne t'a pas fallu grand-chose. Il a fallu un mauvais rêve et un briquet. Avec deux étincelles on peut tout détruire autour de soi. C'est quand même grandiose, non... ?

Quelque chose ricane follement dans sa tête, et Paul voit soudain tout ce qui se passe autour de lui, les flammes et le ravage ; il se voit assis sur le carrelage de la cuisine, dont une partie a déjà craquelé sous le coup de la chaleur ; les fissures courent vers lui, bientôt c'est lui que la chaleur va craqueler. *Et bientôt tu seras fendu en deux comme un fruit pourri*. Dehors, des cris et le bruit de quelque chose qui souffle. Par le trou dans le plafond, Paul voit une gerbe d'eau ; ils ont déclenché une lance à incendie. À côté de lui soudain une cloison s'écroule. Paul écarquille les yeux. Perspective à peine croyable : le salon est en feu lui aussi, l'escalier. Le feu a dû courir tout le long du couloir, descendre, s'installer sur le tapis, les fauteuils, s'étaler à l'aise. *C'est bientôt fini*, souffle le Ricaneur, *mais je me demande si c'est bien ce que tu voulais.* Le bruissement de la lance reprend, des gouttelettes tombent sur son visage et sèchent aussitôt, brûlées par la chaleur atroce.

Si je voulais quoi ?

Que cette maison devienne ta tombe.

Électrisé, Paul se redresse. Mais comment fuir ? Tout est en train de s'écrouler. La porte du salon est barrée par les flammes. La fenêtre est hors de portée elle aussi. La lance à incendie reprend son travail, mais ce n'est pas assez pour le protéger du feu… Il lui vient l'idée absurde de se recroqueviller dans l'évier, de faire couler l'eau en priant pour que les gens viennent le tirer de là – mais un craquement lui fait tourner la tête vers la dernière issue, la porte de la cave.

Aussitôt son cerveau sursaute et palpite ; il tremble de tous ses membres. Le feu ne parvient pas à illuminer la porte, qui est renfoncée dans son coin, halo noir, trou sans fond. Et le craquement reprend. *C'est la chaleur qui fait craquer la porte comme ça.*

Tu sais bien que non, quelle idée idiote, chuchote le Ricaneur, *il y a quelqu'un derrière, quelqu'un qui voudrait bien ouvrir la porte. Quelqu'un qui vient te chercher.*

Les flammes s'approchent ; Paul sans s'en apercevoir a dérivé vers la porte de la cave. Elle craque, quelque chose hurle derrière et veut l'enfoncer ; et maintenant il les voit bien, les trous dans la porte, les trous qui ont fendu le bois, le panneau percé de trous par lesquels se faufile un crochet de métal.

Pendant quelques secondes, plus un bruit, seul le ronflement des flammes, ça commence à lui brûler toute la couenne et la peau du dos. Ce qu'il entend aussitôt après, par-dessus le bruit sourd d'un mur porteur qui s'écroule, c'est un déclic – le déclic d'une serrure –, et sous ses yeux rendus vitreux par la chaleur, la porte pivote et s'ouvre, et la créature ouvre ses yeux jaunes sans paupières ; les joues de la petite fille pendent et ballottent, déchirées par le sourire aux mille dents qui scintille dans l'ombre, et ses deux bras-crochets battent l'air, alpaguent Paul par les bras. Soudain flasque et mou, il se laisse faire, il n'a plus la force de quoi que ce soit – il n'y a plus qu'à s'abandonner… se laisser tirer vers la cave… tout en bas…

20

Les parents de Paul se tenaient au milieu de la pelouse, rendus hagards par la catastrophe. « Le feu ronge le plancher à toute vitesse, il se propage trop vite, on ne va rien pouvoir sauver ! » hurla le capitaine. « Il y a quelqu'un dans la maison ? »

Papa et Maman n'arrivaient pas à parler, Papa tourna juste la tête vers le capitaine et hocha un petit coup. « Une personne ? » hurla à nouveau le capitaine. Papa hocha encore la tête. « Un enfant ? » Papa aurait bien hoché la tête une dernière fois, mais Maman s'effondra à ce moment dans ses bras.

Le capitaine donna l'ordre de déployer l'échelle. « On ne pourra pas grimper, nota un pompier. C'est impraticable. » Ils ne virent pas la gamine se faufiler par la porte-passager du camion et en tirer une lampe-torche en acier, longue comme un tibia. Elle sauta à bas du camion et disparut dans un fourré – là où l'attendait Thibald. Sans un mot, il désigna le soupirail, qu'il fallait deviner à ras de terre. *Bizarre*, pensa Annaë juste avant de se mettre à courir. *Les flammes coupent la maison en diagonale, en haut lumière, en bas nuit noire.*

Arrivé près du soupirail, Thibald se mit sur le dos et commença à donner des coups de talon dans les vitres. Le châssis trembla, mais le verre tint bon. Annaë s'accroupit à son tour, prit son élan et assena un coup dans la vitre avec le fond de la lampe-torche ; la vitre explosa, projetant du verre partout. Par réflexe, les deux enfants s'étaient protégé les yeux avec l'avant-bras.

Thibald dégotta une branche courte et s'en servit pour nettoyer le cadre du soupirail, pour éviter de s'éventrer sur des morceaux de verre de la taille d'une dent de requin. Annaë alluma la lampe-torche, balaya la cave depuis l'ouverture, et étouffa un cri. Dans le halo blanc, les murs exhibèrent d'immenses traînées noires qui avaient coulé le long du plâtre.

— On dirait que les murs ont saigné. Que la maison a saigné, murmura Annaë.

Mais sous le ronflement des flammes, Thibald n'entendit rien. « Éclaire-moi ! » cria-t-il.

Il se suspendit au cadre, cria encore lorsqu'un bout de verre s'enfonça dans son index, et se laissa tomber avec un grand fracas. Annaë braqua la lampe sur lui ; il venait de tomber dans un tas de cartons. Tout semblait avoir été réduit en bouillie. À travers le soupirail, Annaë pouvait sentir l'odeur de moisissure qui s'exhalait de la cave – mais c'était pire que ça, comme si on y avait laissé pourrir un cadavre. Thibald se redressa en pestant, dégageant de ses bras des pans de carton moisi. Annaë lui lança la lampe et tomba à deux pieds dans la flaque de terre et de carton. De là-haut leur parvint le bruit de murs s'effondrant.

— Une chance sur dix qu'il soit encore là, souffla Thibald. Mais j'ai gardé ça sur moi.

Il fouilla dans sa poche et en tira une clef.

— La clef de la cave, conclut-il.

Annaë ouvrit la bouche.

— Comment… ?

— C'est simple, souffla Thibald. Ce soir. À table, quand je me suis éclipsé dans la cuisine.

Une pluie fine de poussière leur tomba dans le cou, et le grondement des flammes se fit plus distinct.

— Ça vient du plafond ! hurla Annaë. La maison est en train de...

Thibald ne la laissa pas finir ; ils traversèrent la pièce encombrée de détritus. Au milieu de la fournaise qui semblait baigner toute la maison, un courant d'air glacé, fin comme un cheveu, leur transperça la gorge, coupant tout ce qu'ils auraient pu dire.

Annaë défonça le portillon à coups de pied, et ils commencèrent à grimper les marches. Mais arrivé au milieu, Thibald s'arrêta d'un coup.

Annaë dirigea la lampe-torche à leurs pieds ; il n'y avait plus de marches. Il n'y avait qu'un trou noir qui semblait plonger dans les profondeurs glacées de la terre. Une pensée traversa Annaë. *Sur quoi ils ont construit cette maison... ?*

— Une poutre ! éructa Thibald, faut trouver une fichue poutre ! Demi-tour... !

Ils dévalèrent l'escalier, balayèrent d'un coup de lampe la pièce, où les éclats de verre brisé luisaient avec la méchanceté d'yeux de poule, où un rouleau de barbelé pendu au plafond faisait scintiller mille dents. « Là ! » cria Annaë, montrant une large planche qui s'était écroulée en diagonale. Ils se ruèrent dessus, l'agrippant de toutes leurs forces. Le souffle finit par leur manquer, mais la planche se descella. « Attention ! » hurla Thibald. La cloison derrière la planche venait de céder elle aussi. Mais à la lumière de la lampe, impossible de voir ce qu'il y avait derrière : seule la nuit insondable. Thibald arracha la lampe des mains d'Annaë, fit un pas en avant. Il balayait le sol.

— Qu'est-ce que tu cherches… ? fit Annaë.

La lampe s'arrêta sur une forme qui semblait prise dans le sol, une simple bosse.

Il s'agissait de quelque chose qui avait été enterré dans la terre, à moitié enfoui. Annaë sentit ses poils se dresser ; dépassant de la terre, à l'extrémité de la bosse, des filaments grumeleux s'étalaient sur le sol – comme une touffe d'herbes mortes. *Des cheveux. La bosse a des cheveux.*

Thibald éteignit la lampe par réflexe et crispa ses doigts sur le bras d'Annaë.

— La planche, souffla-t-elle. Concentre-toi. La planche !

Verrouillant leurs esprits, ils mirent toutes leurs forces à la transporter jusqu'à l'escalier. Ils grimpèrent quelques marches, dressèrent la planche, la laissèrent retomber. Fallait espérer qu'elle suffise à combler le trou entre les marches... Un coup de lampe jeté par Thibald au milieu de l'escalier leur cogna le cœur : la planche traversait le gouffre.

— Donne-moi la clef, souffla Annaë. Bloque-moi ça comme tu peux. Mets tout ton poids. Il ne faut pas que la planche glisse, tu as compris tête de bois... ? (Thibald hocha la tête.) J'y vais. Je peux marcher là-dessus. Et par pitié, éclaire-moi. Laisse la lampe sur moi, ne dévie pas d'un poil, sinon je pourrais bien mourir, t'as compris ?

Thibald hocha à nouveau la tête, blafard sous la lampe. Elle posa un pied sur la planche ; Thibald la bloquait avec ses tibias. Annaë était déjà au-dessus du trou, elle filait droit et la tête dressée vers son but. La lumière tremblait sur sa silhouette car les mains de Thibald grelottaient sans pouvoir s'arrêter.

Annaë, guidée par la lumière, parvint jusqu'à la porte. Ici la chaleur devenait intenable. Elle frémit en pensant à ce qu'elle pourrait trouver derrière la porte, si Paul avait brûlé, si… Elle glissa la clef dans la serrure, il y eut un cliquetis ; puis elle ouvrit la porte. Elle faillit hurler. Il était juste derrière, la peau rouge, les cheveux grillés – mais il vivait encore, du moins jusqu'à ce moment, car dès lors que ses yeux se posèrent sur elle, il s'écroula au sol. Derrière lui les flammes gémirent, s'étirant de leur base jusqu'au gouffre qui menait tout en haut de la maison, le grenier et la charpente. « Pas plus qu'une viande » furent les mots qui vinrent à Annaë comme elle traînait le garçon au sol et sur les premières marches. *Pas plus qu'une viande cuite*. Du milieu de l'escalier leur vint une exclamation : Thibald, qui venait de voir Annaë rentrer dans son champ de vision, tirant Paul comme elle pouvait par le bras. Mais Paul n'avait plus de force. Il glissa sur les marches et disparut du rayon blanc.

Alors Annaë hurla et l'escalier sur lequel ils tenaient s'écroula, en même temps que le plancher de la cuisine et le reste de la maison.

21

Ils les retrouvèrent après des heures de fouille. Les chiens reniflaient maintenant les trois corps posés sur l'herbe. Annaë ouvrit bientôt les yeux, et Thibald ne tarda pas non plus. Ils souffraient de commotions diverses. L'écheveau de poutres qui constituait le plafond les avait protégés, tissant autour d'eux une toile étrange, leur évitant de glisser dans le gouffre sous la cave, et de recevoir des plaques de plâtre ou des pans de briques sur la tête. Dans le brouillard qui les entourait, surmontée par la fumée noire émanant de la maison en ruine qui se trouvait derrière eux, Annaë entendit quelques mots – les premiers, un gargouillis qui venait de la mère de Paul, gémissant sans cesse : « Mon bébé, mon tout petit bébé, mon bébé... », et la voix d'un homme en noir qui avait relevé la visière de son casque et qui répétait : « Deux sont saufs, on a un mort de sexe féminin, et un quatrième en urgence vitale absolue. Je répète, urgence vitale absolue. Urgence vitale... » Annaë essaya de tourner la tête ; dans l'alignement des corps elle perçut à gauche Paul juste à côté d'elle, puis Thibald qui grognait comme un cochon. Elle regarda Paul, soupira, sentit les larmes couler sur ses joues. Puis elle tourna la tête sur la droite. Sous un morceau de drap blanc – quelque chose de noir et de recroquevillé, une masse informe. Un coup de vent souleva un coin de drap, et Annaë vit le crâne la regarder, une mâchoire à laquelle manquait la partie inférieure, deux trous noirs – un cri muet de souffrance –, et au-dessus, une touffe de cheveux mêlée de terre. L'écho des paroles lui revint. *Un mort... de sexe féminin... une morte... ?*

Elle tourna aussitôt la tête sur la gauche, se concentra sur le visage de Paul. Il respirait avec difficulté. Elle ferma les yeux. Elle refusait de regarder à droite. *Fais un effort.* Elle essaya de classer dans l'ordre tout ce qui s'était passé, de trouver une place au corps sous le drap. Elle rouvrit les yeux. Avec son filet de voix, Paul gémit. *Meurs pas maintenant. Ce serait trop bête. On a pas mal de choses à se raconter, toi, Thibald et moi. Meurs pas. Accroche-toi.*

Elle lutta pour garder connaissance, et le reste des mots se perdit dans le brouillard et le grondement venu du dessus, les pales d'un hélicoptère fendant le ciel grisâtre du petit matin. Impossible de se redresser sur un coude, de se pencher sur Paul, de lui murmurer que ça irait. Alors elle regarda vers le ciel et ferma à nouveau les yeux, et tendit la main gauche. Quand elle sentit le poignet de Paul sous sa paume, elle referma les doigts. Sa main à lui était douce. *Mais ce n'est pas tout. Il y a une injustice à réparer – non, pas une injustice, un malheur, une tristesse immense, Annaë. Tu crois que tu pourrais ?* Le regard clos, le visage au ciel, elle tendit la main droite, palpa le drap, trouva sous sa paume l'os du poignet. Ça n'était plus du vide et ça n'était pas si glacé. Elle referma les doigts et serra fort. L'hélicoptère amorçait sa descente, une grande vague d'air lava son visage de toutes les larmes, étala ses cheveux dans l'herbe. De la main gauche elle serrait fort, et de la main droite. Elle souriait.

L'auteur

Collectionneur de photographies, de livres rares et de cartes *Magic*, Benoît Malewicz joue à ses heures perdues de la guitare folk, quand il n'écrit pas des nouvelles fantastiques. Il est né en 1990 à Milanowek en Pologne, à la frontière d'un monde qui venait de s'écrouler.